दंतकथा

[उपन्यास]

दंतकथा

अब्दुल बिस्मिल्लाह

राजकमल प्रकाशन

ISBN : 978-93-88933-19-3

मूल्य : ₹295

पहला संस्करण : 1990
पाँचवाँ संस्करण : 2023

प्रकाशक : राजकमल प्रकाशन प्रा.लि.
1-बी, नेताजी सुभाष मार्ग, दरियागंज
नई दिल्ली-110 002
शाखाएँ : अशोक राजपथ, साइंस कॉलेज के सामने, पटना-800 006
पहली मंजिल, दरबारी बिल्डिंग, महात्मा गांधी मार्ग, प्रयागराज-211 001
वेबसाइट : www.rajkamalprakashan.com
ई-मेल : info@rajkamalprakashan.com

मुद्रक : बी.के. ऑफसेट
नवीन शाहदरा, दिल्ली-110 032

DANTA-KATHA
Novel by Abdul Bismillah

भाई ज्ञानरंजन के लिए

छेद में प्रवेश

मैं दौड़ रहा था। इधर से उधर, उधर से इधर। कभी इस गली में घुसता और कभी उस गली में। मैं लगातार छिपने की कोशिश कर रहा था। कभी दो दीवारों के बीच में तो कभी किसी खाली खड़े रिक्शे के नीचे। पर कहीं कोई ऐसा ठाँव नहीं था जो मुझे बचा सकता। खदेड़नेवाला मुझसे कहीं ज्यादा चालाक था। उसकी आँखें बहुत तेज थीं और उसके जिस्म में बला की फुर्ती थी। शायद खदेड़नेवाला हमेशा भागनेवाले की तुलना में अधिक सबल होता है। अगर ऐसा न होता तो भागनेवाला भागता ही क्यों ? वह वापस मुड़कर खदेड़नेवाले को ही खदेड़ने लगता ! पर अमूमन ऐसा होता नहीं। जो खदेड़ता है वह पूरी हिम्मत के साथ खदेड़ता रहता है और जो भागता है वह अपनी सुरक्षा के लिए केवल भागता रहता है।

सो, मैं भाग रहा था। मुझे अपनी जान प्यारी थी। जान तो चींटी को भी प्यारी होती है। यहाँ तक कि सिर के जूँ, कपड़ों के चीलर और नाली के कीड़े को भी जान प्यारी होती है। अपनी सुरक्षा के लिए वे भी भागते हैं, छिपते हैं। भय, आतंक और असुरक्षा के विचार शायद उन्हें भी परेशान करते हों—अगर

विचार का संबंध उनसे जोड़ा जा सके तो ! न जोड़ा जा सके तो इस बात की खोज की जानी चाहिए कि कीटों, पशुओं और पक्षियों में उसका स्थानापन्न क्या होता है ?

मैं थक गया था। मेरी चाल अब धीमी हो गई थी। अब किसी भी क्षण खेदेड़नेवाला मुझे दबोच लेगा—यह खयाल आते ही मैं काँप उठा। उस वक्त मैं एक रिक्शे के नीचे से निकलकर सड़क पर आ गया था और खदेड़नेवाले को चकमा देकर बगल की गली में घुस जाना चाहता था। पर खदेड़नेवाला मेरी चाल समझ रहा था। उसने गली में खड़े एक व्यक्ति को इशारा कर दिया था और अब वह भी उसकी सहायता करने के लिए लपका आ रहा था।

तभी मुझे एक बड़ा-सा छेद दिखाई पड़ा। वह एक घर की दीवार में था। छेद गोल था और उसमें से पानी की एक पतली-सी धारा गिर रही थी। मैंने तुरंत ही सबकुछ तय कर लिया। मैं पूरी शक्ति के साथ उछला और उसी छेद में कूद गया।

अँधेरा। निपट अँधेरा था वहाँ। कुछ भी नहीं सूझता था। तिस पर मैं तो प्रकाश से अंधकार में पहुँचा था। जैसे अचानक ही बत्ती गुल हो गई हो। दूर-दूर तक बस एक काली लकीर। अगर मैं पीछे मुड़ सकता तो छेद के बाहर शायद उजाले का गोल टुकड़ा दिखाई पड़ सकता। पर ऐसा नहीं हो सकता था। जगह बेहद तंग थी। मेरा जिस्म उस सुरंग में बस अड़ँसकर रह गया था। मैं आगे बढ़ सकता था, पीछे भी शायद सरक सकता था, पर

मुड़ नहीं सकता था।

एक सीधी, सरल, ऋजु रेखा पर मैं नट की तरह अपने करतब कर सकता था—बस। मगर आगे होगा क्या? यह प्रश्न ऐसा था, जिसका कोई उत्तर नहीं था। पीछे का तो मुझे मालूम था। सुरंग से बाहर सड़क थी और सड़क पर खदेड़नेवाले, पकड़-धकड़ करनेवाले, देखते ही दबोच लेनेवाले और काटकर खा जानेवाले लोग थे। वे मनुष्य थे। दो पाँव, दो हाथ, ऊँचे, लंबे, ऊपर एक मुँह, एक नाक, दो आँखें, दो कान…हँसनेवाले, रोनेवाले, क्रोध करनेवाले, घृणा और शायद प्यार करनेवाले, लड़नेवाले, हथियार चलानेवाले…मनुष्य! धर्म में संलग्न, राजनीति में डूबे हुए, मौज-मस्ती चाहनेवाले, खूब बढ़िया-बढ़िया खानेवाले…मनुष्य!

मगर आगे क्या होगा?

हो सकता है आगे भी मनुष्य ही हों।

आगे का कुछ पता नहीं। किसी को नहीं। हर कोई सिर्फ पीछे के बारे में जानता है, क्योंकि उसे देख चुका होता है। जिसे देखा नहीं, उसके बारे में कहा कुछ नहीं जा सकता; केवल कल्पना की जा सकती है।

मगर इस अँधेरे में, जहाँ कोई हिल-डुल भी न सके, कल्पना की भी जाए तो कैसे? नहीं, मैं आगे नहीं बढ़ूँगा। मैं इसी अँधेरे में, इसी तंग गलियारे में खड़ा रहूँगा। मैंने तय किया और अपने पाँवों को मजबूती के साथ धरती पर जमाकर खड़ा हो गया।

मैं याद करने लगा—

अभी-अभी जो कुछ घटित हुआ—यानी एक सबल मनुष्य के समस्त शारीरिक और मानसिक उपायों को निरर्थक करके किस प्रकार मैं उसके चुंगल से बच निकला—इस छोटी-सी, परंतु अपने लिए बहुत ही महत्वपूर्ण बात के बारे में। हालाँकि मैं बेहद थका हुआ था, पर इस एक बात को याद करने मात्र से ही मानो मेरी समूची थकान हवा हो गई। याद भी कितनी बढ़िया चीज है कि उसके आते ही सारा दुख-दर्द विलीन हो जाता है। इस मायने में अतीत को याद करने से ज्यादा बढ़कर कोई सुख नहीं। चाहे वह मिनट-भर पहले का ही अतीत क्यों न हो। मेरा वह अतीत, जिसे मैं उस क्षण याद कर रहा था, अभी कुछ ही मिनट पहले गुजरा था।

...धरती पर धीरे-धीरे शाम उतर रही थी और आकाश चितकबरे बादलों से खुशनुमा हुआ जा रहा था। हालाँकि शहरों में कहाँ तो धरती और कहाँ तो आकाश! पर सड़कों, नालियों, कूड़ों और वाहनों से अँटी पड़ी वह भूमि और धुआँ, पतंग तथा बड़े-बड़े टावरों के ऊपर छाया हुआ एक जो अनंत विस्तार था—वह सब अचानक ही सुंदर हो उठा था।

और ठीक उसी वक्त मुझे पता चला कि आज मैं मार दिया जाऊँगा। मेरे बारे में जब दो लोग आपस में बातचीत कर रहे थे तो मैं ध्यान से उनके ओठों और हाथों के इशारों को देख रहा था। मैं एक दीवार से सटकर खड़ा था; जब वे आपस में सलाह-मशवरा कर रहे थे। उनके अलावा वहाँ एक तीसरा आदमी भी मौजूद था, जो उस घर में पहली बार ही दिखाई पड़ा

था। उसका चेहरा बहुत सौम्य था और इस मामले में वह कुछ भी नहीं बोल रहा था, लेकिन हाव-भाव से वह काफी खुश नजर आता था, जिससे यह अनुमान लगाना कठिन नहीं था कि मुझे मार डालने का फैसला उसी तीसरे आदमी को संतुष्ट करने की गरज से किया गया है। बहरहाल सबकुछ तय हो गया था। बूढ़ा आदमी, जो उस घर का मालिक था, एक जवान आदमी को, जो उसका बेटा था, सारे जरूरी आदेश देकर उस तीसरे आदमी के साथ एक कमरे में बंद हो गया था। जवान आदमी खड़ा हो गया था और बगैर एक सेकेंड की देरी किए, मैंने अपना इरादा मजबूत कर लिया था—"मैं इस आदमी के हाथों नहीं मरूँगा।"

बस, फिर शुरू हो गई थी दौड़····

मैं मूलतः गँवई था। अगर शहरी होता तो शायद यह नौबत न आती। तब मैं उस आदमी की, उसके बाप की और उसके अतिथि की संतुष्टि के लिए कुर्बान हो गया होता—इस लालसा में कि मरने के बाद तो स्वर्ग मिलेगा ही, क्योंकि मैंने आखिर चंद भद्र जनों का जी खुश किया है, जिनकी दुआएँ मेरी रूह के साथ परलोक तक जाएँगी, पर मैं गँवई था न! ठेठ गँवार! गँवार वैसे तो सीधा होता है, मगर वह अड़ जाए किसी बात पर तो फिर उसका कोई कुछ बिगाड़ नहीं सकता।

शहर और गाँव का यह फर्क है बहुत अजीब। पर है। यह फर्क मनुष्यों से लेकर कुत्तों, बिल्लियों, बकरियों और चूहों तक में देखने को मिल जाता है। अब जैसे बकरियों को ही लीजिए; गाँव की बकरियाँ दिन-भर खुली रहती हैं, बाग-सिवान में घूमती रहती हैं और शाम को अपने घर लौट आती हैं, जबकि शहर की

बकरियाँ सिकड़ियों में बँधी-बँधी पागुर किया करती हैं और छूट जाने पर दूसरों के घर चली जाती हैं। गाँव की बकरियाँ महुए के पत्तों से ही तृप्त हो जाती हैं, जबकि शहर की जो है, वो ब्रेड-बटर खाकर भी अतृप्त रहती हैं। इस तरह फर्क तो बहुत बड़ा है। शहर के लोग आपस में तो खूब लड़ते हैं, पर शत्रु के आगे भीगी बिल्ली बन जाते हैं, जबकि गाँव-देहात के लोग ऐसे मौकों पर सारा वैर-भाव भुलाकर संगठित हो जाते हैं। वे अपने शत्रु को पहचान लेते हैं और फिर उससे जमकर लड़ते हैं।

मैंने भी अपने शत्रु को उस रोज पहचान लिया था और लड़ाई के लिए कटिबद्ध हो गया था। शत्रु की परिभाषा मेरे तईं बस इतनी ही थी कि जो हत्या की नजर से देखे, वह शत्रु है। और यहाँ तो बिल्कुल ही साफ था कि वह जवान आदमी अगले किसी भी क्षण मेरी हत्या कर सकता था। उसके रोएँ-रोएँ में हत्या की नीयत झलक रही थी और मजे की बात यह कि आदमी उससे बेखबर था। यानी इस हत्या को शायद वह हत्या के रूप में नहीं ले रहा था। गोया मुझ-जैसे प्राणी का मारा जाना, मारा जाना है ही नहीं। हत्या तो राजाओं की होती है, वीरों की होती है, या फिर स्त्रियों और बच्चों की होती है। यह कोई हत्या है ? यह तो बस एक खेल है। और खेल-खेल में अगर कोई मर जाए तो इसमें किसी का क्या दोष ?

मैंने पहलू बदलने की कोशिश की, पर नाकाम रहा। मुझे ऐसा

लगा जैसे गलियारा तंग से तंगतर होता जा रहा है। अँधेरा बढ़ता जा रहा है और मेरी टाँगों के नीचे पानी बह रहा है।

मैं थोड़ा-सा और आगे सरक गया, लेकिन कोई खास फर्क नहीं पड़ा। गलियारा उसी तरह तंग, अँधेरा उसी तरह काला–गाढ़ी काली स्याही की तरह–और टाँगों के तले बहते हुए पानी की रफ्तार भी वही। मैंने सिर ऊपर करने की कोशिश की तो मुझे यह भी पता चला कि गलियारे की छत बहुत नीची है। मेरा सिर छत से जा टकराया और तुरंत मैंने अपनी मूड़ी नीचे झुका ली।

"मैं क्यों आ गया यहाँ ?" मैंने पल-भर के लिए यह सोचा, लेकिन तुरंत ही मुझे उस जवान आदमी का चेहरा याद आ गया जो मुझे खदेड़ रहा था और गली में खड़े अपने मित्र को इशारा कर रहा था।

ओह, मृत्यु-भय ! मृत्यु-भय ने ही मुझे यहाँ ला पटका है।

और फिर मृत्यु के अनेकानेक दृश्य मेरी आँखों में नाचने लगे। मृत्यु को कई-कई बार मैंने बहुत नजदीक से देखा था। मरते हुए प्राणी का खून फेंकना, मुँह से पीला-पीला पदार्थ निकलना, छटपटाना और फिर धीरे-धीरे ठंडा हो जाना···

मैं आदमी नहीं था। अगर मैं आदमी होता तो इस तरह की हरकत कभी न करता। यानी मैं इस छेद में कदापि न कूदता। खुद को उस हत्यारे से बचाने के लिए मैं कोई बेहतर उपाय ढूँढ़ता।

या, हो सकता है मैं खुद भी कोई जरूरी कार्रवाई करता। अगर मेरे पास कोई हथियार न होता तो भी मैं—यह जानकर कि मौत करीब है—कुछ-न-कुछ अवश्य करता। मैं अपने हाथ से, नाखूनों से या दाँत से उस हत्यारे पर हमला कर सकता था···

लेकिन मैं तो एक परिंदा था। मुर्गा। परिंदे की अक्ल ही कितनी ! मैं इस छेद में कूद गया। मुझे तो शायद यह भी पता नहीं कि जिसे मैं छेद, या बिल, या गलियारा समझ रहा था, वह दरअसल एक नाबदान था—उसी घर का, जिसमें मैं रहता था। वहाँ उसी घर का गंदा-संदा पानी बह रहा था और नाबदान के उस पार मेरे खो जाने पर अफसोस प्रकट किया जा रहा था। हो सकता है मुझे नाबदान से बाहर निकालने की कोशिश भी की गई हो, जिसमें वे असफल हुए हों और मेरी जगह कोई दूसरा मुर्गा हलाल किया गया हो···

मुर्गे को कैसे हलाल किया जाता है, यह मैंने अपनी आँखों से देखा था, उसका खून फेंकना, मुँह से पीला-पीला पदार्थ निकलना, छटपटाना और फिर धीरे-धीरे ठंडा हो जाना···

यह सब अनुभव मुझे शहर आने से पहले, गाँव में ही हो गया था। वह एक अर्द्धजंगली गाँव था। अर्द्धजंगली इसलिए, कि वहाँ का जंगल काट डाला गया था, फिर भी कुछ-न-कुछ पेड़ वगैरह तो बाकी थे ही आसपास और नदी-नाले, खोह-टीले वगैरह भी। मेरा मालिक एक वृद्ध और काफी अनुभवी-सा दिखनेवाला मनुष्य था जो हमेशा चारखाने की तहमद पहना करता था और ऊपर से सिल्क का बारीक कुर्ता। दाढ़ी उसने नहीं रखी थी, पर मूँछें जानदार थीं। उसकी पत्नी जवान थी, जिससे यही साबित होता था

कि उसने किसी कम उम्र की लड़की से शादी की थी। लेकिन बच्चे उसके यहाँ कई थे। शायद एकाध शादी उसने पहले भी की हो।

वह मनुष्य खाने का बेहद शौकीन था। गोश्त, मछली, अंडा आदि उसके प्रिय भोजन थे। पत्नी शाकाहारी थी, मगर बच्चे खूब गोश्त खाते थे। मुर्गा उस घर में प्रायः ही हलाल होता था। रोज तो नहीं, पर लगभग हर त्योहार में और हर मेहमान की खातिरदारी में। त्योहार भी मनुष्यों के जीवन में बहुत आते हैं—जैसे कि मेहमान। मुर्गों का अपना कोई त्योहार ही नहीं है। अलबत्ता मेहमान तो उनके जीवन में भी आते हैं, मगर वे लौटकर फिर नहीं जाते, उन्हीं में मिल जाते हैं और उन्हीं-जैसे घरेलू हो जाते हैं।

बुड्ढे का घर बहुत बड़ा था। कई-कई कमरे, दालान, जनानखाना, चौपाल··· और बगल में एक मुर्गीखाना भी था, जहाँ पचासों मुर्गियाँ थीं और पचीसों मुर्गे, फिर उनके चूजे··· मैं उसी मुर्गीखाने में रहता था। जैसाकि मैंने बताया, बुड्ढा बड़ा शौकीन-तबीयत आदमी था, इसलिए अपने मुर्गीखाने में वह हमेशा तरह-तरह की मुर्गियाँ और मुर्गे रखा करता था। उसकी पत्नी यद्यपि शाकाहारी थी, पर मुर्गियाँ पालने का उसे भी बेहद शौक था। घर के हर बच्चे के नाम से उसने एक-एक मुर्गी पाल रखी थी। कोई मुन्नी की मुर्गी थी तो कोई गुड्डू की, कोई सलमा की तो कोई सितारा की, कोई असलम की तो कोई परवेज़ की··· अपने नाम से तो उसने दो-दो मुर्गियाँ रख रखी थीं, जिनमें से एक मेरी माँ भी थी।

वे लोग मुर्गे-मुर्गियाँ खरीदा भी करते थे खूब। गाँव में जहाँ

भी कोई मुर्गी बिक रही हो, वह स्त्री वहाँ पहुँच जाती थी और अच्छे दाम देकर उसे ले आती थी। बूढ़ा तो बाहर से भी मुर्गियाँ ले आता था। एक बार तो, जब वह अपनी एक यात्रा से लौटा तो पीछे-पीछे काँवर पर लदकर ढेर सारी सफेद-सफेद मुर्गियाँ उसके साथ आईं। हम लोग उन्हें देखकर बहुत चकित हुए। जब हमारे घर में वे छोड़ी गईं तो हम उन्हें घेरकर खड़े हो गए। वे परदेसी मुर्गियाँ निहायत खूबसूरत थीं। दूध की तरह सफेद उनके पर थे—एकदम निदाग। और चोंच पर उनकी गहरी लालिमा—जैसे शरद के आकाश में सुबह फूट रही हो। मुर्गों के केस तने हुए थे और वे सफेदपोशों की तरह गंभीर बने हुए थे···

लेकिन हमसे वे घुल-मिल नहीं पाए। हमें उन्होंने मुँह तक नहीं लगाया। एक ही जगह रहते हुए भी वे हमसे अलग-थलग रहे। दिन में तो वे अपने झुंड के साथ बाहर घूम-घाम लिया करते थे, पर साँझ होते ही एक कोने में दुबक जाते थे और सो जाते थे। नतीजा यह निकला कि वे बीमार पड़ गए और घर के मालिक ने जब देखा कि उनके बचने की उम्मीद नहीं है तो एक-एक कर सबको उन्होंने जिबह कर डाला। आठ-दस मुर्गियाँ तो यूँ ही, शायद हदसकर मर गईं। और इस तरह उनका काम तमाम हुआ।

हम आज़ाद हो गए।

लेकिन क्या यह कहा जाना चाहिए कि हम आजाद हो गए ? शायद नहीं। क्योंकि घर के मालिकों की निगाह अब पुनः हम पर उठी और एक-एक कर हमारे साथी जिबह किए जाने लगे।

उनका जिबह करने का तरीका भी विचित्र था। हमारे मालिक के जो पड़ोसी थे वे तो—जब कभी उन्हें मुर्गा खाना होता; हालाँकि वे गोश्त बहुत कम ही खाते थे—मुर्गे का सिर धड़ से उड़ा देते थे और उसका शरीर आँगन-भर में उछलता रहता था। मगर हमारे यहाँ का रिवाज दूसरा था। सबसे पहले तो यह तय किया जाता कि कौन-सी मुर्गी या मुर्गा कटेगा? इसके लिए थोड़ी देर तक विचार-विमर्श किया जाता। बच्चे घेरा बना लेते बूढ़े के इर्द-गिर्द और पूछते, "अम्माँ वाली? सलमा वाला? वही, जिसके केस नहीं है? जो अंडा नहीं देती? कुड़की? पोई? चितकबरी? ललकी? सफेदका?" आदि आदि। ये हमारे साथियों के नाम थे, जिन्हें अपनी सुविधा के लिए उन्होंने रख रखा था। एक बड़ा-सा सफेद मुर्गा था हमारे मुर्गीखाने में, जिसे वे लोग 'मनारका' कहा करते थे। मेरी अम्माँ उनकी 'अम्माँ वाली' थी और मैं ··· मेरा नाम उन्होंने 'कटनहा' रखा हुआ था, क्योंकि मैं उनके बच्चों को कई बार काट चुका था। हालाँकि ऐसे मुर्गों को प्रायः वे अविलंब खा जाया करते थे, पर मेरी खूबसूरती शायद वह वजह थी जिसने मुझे बचा रखा था और यही एक बात ऐसी थी जिसकी वजह से मेरे ऊपर उनके एक मेहमान—जो यहाँ मेरे मालिक बने—की नजर गड़ गई थी और मैं गाँव छोड़कर शहर में चला आया था।

हाँ तो मैं उनका जिबह करने का तरीका बता रहा था। जब वे

तय कर चुकते कि आज अमुक की बारी है तो बाकायदा उसे पकड़ने का अभियान चलाया जाता। घर के सारे बच्चे इस महत्वपूर्ण कार्य में जुट जाते। हमारा वह साथी बेचारा सबकुछ भाँप जाता था और इधर-उधर कोनों-अंतरों में छिपने लगता था, पर वे लोग किसी न किसी सूरत से उसे पकड़ ही लेते थे। जब कोई-कोई साथी किसी भी तरह पकड़ में नहीं आता तो उसे इधर-उधर से दौड़ाकर किसी कमरे में पहुँचा दिया जाता था और फिर दरवाजा बंद करके उसे पकड़ लिया जाता था। वह बहुत उछलता-कूदता, छत की ओर छलाँगें लगाता, चीख-पुकार मचाता, मगर मनुष्य के आगे उसका कोई बस न चलता और अंततः वह हार जाता। फिर थोड़ी ही देर बाद देखा जाता कि उनका कोई बच्चा उसके दोनों डैनों को पकड़े हुए, शान के साथ हँसता हुआ बाहर चला आ रहा है।

इस पूरे घटनाक्रम के दौरान बूढ़ा आदमी अपनी छुरी तेज करता रहता। वह उसे एक पत्थर पर पानी डाल-डालकर रगड़ता और उसकी धार पर अपना अँगूठा करकराकर उसकी तीक्ष्णता का अनुमान लगाता। फिर जब वह आश्वस्त हो जाता तो अपने सिर को टोपी या रूमाल से ढँककर जिबह करने के लिए तैयार हो जाता। आँगन में एक ओर जहाँ पत्थर की पटिया बिछी थी, मुर्गे को बाकायदा लिटाया जाता। बुड्ढा अपने एक पाँव से उसके दोनों डैनों को दबाता और दूसरे पाँव से उसकी टाँगों को। फिर अपने बाएँ हाथ से उसकी चोंच को कसकर पकड़ता और किसी बच्चे को सामने बैठाकर कहता, "लो इसकी गर्दन पर झूलते इस गोश्त को पकड़ो—इस तरह तानकर।" और जब इतना हो जाता

तो वह मन-ही-मन कुछ बुदबुदाता—शायद कोई मंत्र या आयत पढ़ता, ताकि यह साबित कर सके कि इस परिंदे को मैंने भगवान के लिए, खुदा के लिए मारा है, अपने लिए नहीं—और गर्दन पर छुरी चला देता। खून के छर्रे हवा में तैर जाते और बच्चे तालियाँ बजा-बजाकर कूदने लगते। सामने बैठे बच्चे के पैजामे पर अगर रक्त की कुछ बूँदें पड़ जातीं तो वह अतिरिक्त गर्व से भर उठता। उन्हीं बूँदों को दिखा-दिखाकर वह अपने मित्रों का ईर्ष्यापात्र बनता, क्योंकि मुर्गा जिबह करना या उसमें सहयोग करना वीरता का परिचायक हुआ करता था।

जिबह करने के बाद मुर्गे को छोड़ दिया जाता और वह उलटने-पलटने लगता। जब तक उसका शरीर गर्म रहता, उसमें जरा-सी भी जान रहती, वह फुट-आध फुट तक उछलता और बुरी तरह छटपटाता। उस मुर्गे की दशा उस आशिक की तरह होती जिसे उसकी महबूबा ने अपने इश्क की छुरी चलाकर जिबह कर दिया हो। शायद इसीलिए मनुष्य जाति के कवियों ने आशिक की तुलना 'बिस्मिल' यानी जिबह हुए मुर्गे से की है।

फिर थोड़ी देर बाद सबकुछ शांत हो जाता। मुर्गे के पर नोचे जाते, उसके जिस्म को आग दिखाई जाती और फिर उसकी बोटियाँ बनाकर उन्हें मसाले में भून डाला जाता।

मेरी माँ को भी इसी तरह जिबह किया गया था। उन दिनों वह बीमार थी। मगर बीमार परिंदे को मार डालना तो जैसे उनके लिए एक अनिवार्य कर्तव्य ही था, क्योंकि वे शायद यह मानकर चलते थे कि इसे तो आखिरकार मर ही जाना है।

दरअसल हुआ यह कि मेरी माँ ने अचानक अंडे देना बंद कर

दिया और हमारे मालिकों के लिए उसकी उपयोगिता कम हो गई। मनुष्यों का यह समाज, जो अपने को सभ्य, बुद्धिमान, विकासशील और न जाने क्या-क्या कहता है, मेरे देखने में आया कि असल में यह शुद्ध रूप से उपयोगितावादी, लाभवादी और स्वार्थी है। यह अपने आगे संसार के सभी जीवों को तुच्छ समझता है और यह मानकर चलता है कि वे समस्त प्राणी इसकी सेवा और इसकी भूख शांत करने के लिए बने हुए हैं। इसलिए वह घोड़ों की सवारी करता है, गधों पर बोझ लादता है, बैलों को खेत में जोतता है और बकरियों, हिरनों, खरगोशों तथा मुर्गों-मुर्गियों को मारकर खा जाता है। मैंने किसी ऐसे मनुष्य को नहीं देखा जो शेर, बाघ या चीते की पीठ पर बोझ लादता हो अथवा उसे मारकर खा जाता हो। जिस तरह मेरी माँ को जिबह किया गया, अगर उसी तरह लोग किसी शेर को पटककर, उसकी टाँगों को अपने पाँवों से दबाकर और उसकी गर्दन के मांस को अपने बच्चे से पकड़वाकर उसकी खास रग पर छुरी चलाता तो मुझे बेहद अच्छा लगता। तब शायद मैं अपनी माँ की मृत्यु को एक सहज मृत्यु के रूप में महसूस करता और उस घटना को भूल जाता। मगर ऐसा कभी नहीं हुआ। उन लोगों ने हमेशा हमारे ही साथियों को काटा और उनका गोश्त खाया। लेकिन अफसोस तो इस बात का है कि दुनिया के सारे मनुष्य इस मामले में एकजुट हैं, जबकि हम परिंदे अभी तक वर्गों में बँटे हुए हैं। मगर, हम एक हो भी जाएँ तो इनका क्या बिगाड़ लेंगे ? इनके पास तो बड़े-बड़े नए-पुराने हथियार हैं, और हमारे पास ? हमारे पास कुछ नहीं है, सिवा चोंच के। और अपनी चोंच का इस्तेमाल

हम पेट भरने के लिए करें या इनसे लड़ने के लिए? उनमें थोड़ी-बहुत जो धार होती भी है वह आपस की लड़ाइयों में ही खत्म हो जाती है। आखिर इन मनुष्यों ने मुर्गों में भी तो लड़ाई करवा रखी है। मुर्गे लड़ाना इनके शौक और मनोरंजन में शामिल है। मगर मुझे लगता है कि इसमें एक बड़ी साजिश भी है ; कि हम इनसे लड़ने की बात सोच भी न सकें।

खैर···तो मैं बता रहा था किस-किस तरह मेरी माँ को उसकी बीमारी की हालत में जिबह किया गया। जैसाकि मैंने कहा, अचानक उसने अंडे देना बंद कर दिया था। और जो मुर्गी अंडे देना बंद कर देती थी, उसे वे लोग अपनी बाँझ स्त्रियों की भाँति ही उपेक्षा की दृष्टि से देखा करते थे और घर-भर में उसका सम्मान गिर जाता था। चाहे उनकी अपनी औरत हो और चाहे मुर्गी—संतान के मामले में वे दोनों के साथ एक जैसा बर्ताव करते थे। जो स्त्री संतानवती होती उसकी खूब देख-भाल की जाती। परिवार में उसकी बड़ी इज्जत होती। उसी प्रकार अंडे देनेवाली मुर्गी की भी खूब कद्र की जाती। उसके लिए घर के कोने में एक निश्चित स्थान बना दिया जाता, जहाँ बैठकर वह उनके लिए अंडे दिया करती। और जब उनके आमलेट खाने और बिकने आदि के बाद भी काफी सारे अंडे बचे रहते तो उस मुर्गी को वे उसके अंडों को 'सेने' के लिए बैठा देते। मेरे जन्म से पहले मेरी माँ को भी शायद इसी तरह बैठाया गया होगा। किसी कोने में पुआल बिछाकर उसके ऊपर करीने से उसके अंडे जमाये गए होंगे और उन पर उसे बैठा दिया गया होगा। फिर लगातार इक्कीस रोज तक वह उन अंडों पर बैठी होगी और बाइसवें दिन किसी हल्के

गुलाबी रंग के अंडे के खोल को तोड़कर मैं निकल आया होऊँगा—रुई के गोले की तरह कोमल-कोमल छटाँक-भर का चुज्जा।

मैं अंडे से बाहर आते ही समझ गया था कि यह दुनिया है। पता नहीं आदमी का बच्चा यह समझ पाता है या नहीं? मुझे तो लगता है कि वह नहीं समझ पाता; इसीलिए रोता है। वह आत्म-निर्भर भी नहीं होता। वह अपनी माँ या आया पर निर्भर होता है। भूख लगने पर वह अपने से अपना पेट नहीं भर सकता। पर मेरे साथ ऐसा नहीं था। मैं पैदा होते ही महीन दाने चुगने लगा था। मैं आँगन-भर में कुलाँचें भरता और चूँ-चूँ करके अपनी प्रसन्नता प्रकट करता।

लेकिन मेरे बचपन के वे दिन जल्दी ही खत्म हो गए और मैं अच्छा-खासा युवा हो गया—एक समझदार परिंदा। और अपनी माँ की मृत्यु को मैंने बड़ी हैरत के साथ देखा···

जैसे ही मेरी माँ ने अंडे देना बंद किया, घर-भर के लोग उसे उपेक्षा की दृष्टि से देखने लगे। उसे 'कुड़क' कहकर पुकारने लगे और तरह-तरह से उसकी व्याख्या करने लगे। यहाँ तक कि आस-पड़ोस की स्त्रियाँ भी उस पर टिप्पणी कर दिया करतीं और वह बेचारी सबकुछ झेल जाती। कोई कहता, इसके बदन में चर्बी बढ़ गई है, और कोई कहता कि यह बुढ़िया हो गई है, मगर सही कारण की खोज कोई न करता। मैं ठीक-ठीक तो नहीं कह सकता, पर हो सकता है उसे कोई बीमारी हो गई हो, क्योंकि धीरे-धीरे वह सुस्त होती चली गई थी···

आदमी की मादा जब इस तरह सुस्त होती है तो उसे अक्सर

लेडी डाक्टर को दिखाया जाता है और यह मालूम होता है कि इसे औरतों की खास बीमारी है। मगर मुर्गियों के साथ ऐसा नहीं होता। उसे बस 'कुड़क' मान लिया जाता है।

मेरी माँ इतनी सुस्त हो गई थी कि वह जहाँ बैठ जाती वहीं बैठी रहती और छेड़ने पर भी न भागती। सिर्फ कूँ-कूँ करती, अपने परों को फुलाती और पड़ी रहती। नतीजा यह निकला कि छोटे-छोटे बच्चे भी उसे छेड़ने लगे और परेशान करने लगे। तब एक रोज़ उसने एक बच्चे को अपनी चोंच से काट लिया और अगले ही दिन लोगों ने उसकी नाक के छिद्र में उसी की पूँछ का एक पर घुसेड़ दिया। ऐसा वे हर मुर्गी के साथ किया करते थे जो हमलावर हो जाती थी। हमारी जाति को जीवित अवस्था में दी जानेवाली उनकी यह भयंकर सजा थी।

लेकिन मेरी माँ हमलावर नहीं थी। इस सजा ने उसे और अधिक सुस्त बना दिया। अब वह बेहद उदास रहने लगी। उसने चारा चुगना भी लगभग बंद कर दिया। तब किसी अनुभवी स्त्री ने कहा, "इसे रोग हो गया है, इसका इलाज करो।" और उसका तथाकथित इलाज शुरू हुआ। बीमार मुर्गियों के वास्ते उनके पास सिर्फ एक ही इलाज था, जिसे वे अचूक और शायद वैज्ञानिक मानते थे। वह था—लहसुन। अब तो शहरों में तरह-तरह की दवाएँ चल निकली हैं। मगर उन दिनों, खासकर गाँवों में, मुर्गियों की एक ही दवा मानी जाती थी—लहसुन। मेरी माँ को भी जबर्दस्ती लहसुन खिलाने की कोशिश की गई, मगर उससे कोई लाभ नहीं हुआ।

तब एक रोज उसे जिबह कर दिया गया। उसकी टाँगों और

डैनों को पाँव से दबाकर बूढ़े ने उसकी गर्दन पर छुरी चला दी। मगर जैसाकि आमतौर पर होता था, उसकी गर्दन से खून का फव्वारा नहीं छूटा ; बल्कि थोड़ा-सा लाल-लाल रक्त—बच्चों के स्कूली लाल रंग की तरह—जमीन पर चू पड़ा और उसके मुँह से पीला-पीला पदार्थ निकलकर आँगन में फैल गया। जब जिबह करके उसे छोड़ा गया तो वह छटपटाई भी नहीं। शांत, निस्पंद पड़ी रही और उस घर के बच्चों को कोई लुत्फ नहीं मिला।

लेकिन वह तो मर गई।

फिर हमारे ही साथी—मेरी माँ की सहेलियाँ और दूसरे मुर्गे उसके खून पर टूट पड़े। कोई-कोई तो उसकी कटी हुई गर्दन पर भी चोंच मारने लगे। और जब उसकी अँतड़ियाँ आदि निकालकर फेंकी गईं तो अपनी ही कौम के वे परिंदे उन अँतड़ियों से अपनी भूख शांत करने लगे।

इस तरह मैंने देखा, हम मुर्गों-मुर्गियों में भी मनुष्यों की-सी संस्कृति अब विकसित हो गई थी, और मैं बेहद दुखी हो उठा। लेकिन सिवा दुखी होने के और मैं कर ही क्या सकता था ?

फिर जल्दी ही मैं यहाँ चला आया।

और फिर···

अँधेरे का रंग बहुत ज्यादा गाढ़ा हो गया था और मुझे कुछ भी सुनाई नहीं पड़ रहा था। टाँगों के नीचे पानी का बहना जारी था और मेरा जिस्म अब नाबदान की दीवारों के बीच बुरी तरह अड़ँस

गया था। न मैं आगे बढ़ पा रहा था और न पीछे। सिर नीचे किए-किए मेरी गर्दन दुखने लगी थी, लेकिन कोई चारा नहीं था। मेरी टाँगें भी अब सुन्न होने लगी थीं। अतः किसी प्रकार कोशिश करके मैं उसी बहते हुए पानी में अपने डैने सिकोड़कर बैठ गया और आँखें बंद करके सोने की कोशिश करने लगा।

चावल और दाल के चंद दाने

जैसे गहरे नीले रंग में थोड़ा-सा पीला रंग मिला दिया गया हो और तस्वीर में थोड़ी-सी चमक आ गई हो, या जैसे मृत्यु में थोड़ा-सा जीवन घोल दिया गया हो और सृष्टि का रूप क्षण-भर को निखर गया हो—कुछ उसी तरह की चमक, उसी तरह का निखार उस नाबदान में पैदा हो गया था। चीजें अब दिखाई पड़ रही थीं और उन्हें अपने ढंग से अनुभव किया जा सकता था। पीछे से एक हल्के मटमैले रंग की क्षीण-सी प्रकाश-रेखा भीतर आ रही थी और पूरे गलियारे का रंग बदल गया था।

शायद सुबह हो गई थी और आकाश पर सूर्य चमक रहा था। उसकी सुनहरी किरणों का एक जो अनंत पारावार समूचे भूखंड पर ठाठें मार रहा था, उसकी एक दुबली-सी लहर उस छेद में भी शायद घुस आई थी और मेरे आगे सबकुछ स्पष्ट हो गया था। अब मुझे घुटन नहीं हो रही थी। स्थिति के जरा-से परिवर्तन से भी कितना फर्क पड़ जाता है, यह मैंने पहली बार महसूस किया था। खुली हवा के स्वच्छंद वातावरण में रहनेवाला जीव थोड़ा-सा भी व्यवधान सहन नहीं कर पाता, लेकिन यदि चारों ओर व्यवधान ही व्यवधान हों और उसे किसी कालकोठरी में बंद कर दिया जाए तो हवा का हल्का-सा झोंका भी उत्फुल्ल कर

देता है। ठीक वही दशा मेरी भी हुई और मैं खड़ा हो गया। मैंने चाहा कि अपने डैने फैलाकर एक जोर की बाँग लूँ, पर ऐसा मैं नहीं कर सका। डैने तो नाबदान की दीवारों में अड़ गए और मेरे मुँह से जो आवाज निकली वह निहायत भौंड़ी तथा मरियल थी। मुझे पहली बार अपनी ही आवाज खराब लगी और मैं उदास हो गया।

मैं पीछे की ओर सरकने की कोशिश करने लगा। किसी तरह मैंने अपने डैनों को सिकोड़ा और टाँगों को अपनी उलटी दिशा में सक्रिय करने लगा। लेकिन उलटी दिशा में मनुष्य ही शायद चल सकता है, परिंदा नहीं। मनुष्य तो इतना समर्थ है कि वह कभी भी, मौके के अनुसार किसी भी तरफ चल सकता है। चलता ही है। यूँ तो जाहिरा तौर पर वह आगे की ओर ही जाता है, लेकिन अगर जरूरत पड़ी तो अपने बचाव के लिए या किसी को चकमा देने के लिए वह पीछे की ओर भी चलने लगता है। यदा-कदा अगल-बगल पाँव मारने में भी उसे कोई दिक्कत नहीं होती। लेकिन मुझे बेहद परेशानी हो रही थी। फिर भी मैं कोशिश कर रहा था और उसमें किंचित सफल भी हो रहा था। मेरा खयाल था कि अगर मैं किसी तरह नाबदान के मुहाने तक पहुँच गया तो मौका निकालकर सड़क पर निकल जाऊँगा और फिर फरार हो जाऊँगा। मगर ज्यों ही मैं थोड़ी दूर तक सरका, मुझे लगा कि जैसे मेरे पीछे कोई लंबी-सी नुकीली चीज मुझे कुरेद रही है। मैं फौरन रुक गया। मैंने अपना सिर नीचे झुकाया और टाँगों के बीच से पीछे की ओर देखने लगा। मुझे अपने ठीक पीछे पूँछ के पास, लोहे की एक छड़ दिखाई पड़ी जो बार-बार

भीतर-बाहर आ-जा रही थी। मैं अविलंब भाँप गया। लगता है मुझे बाहर निकालने के लिए कोई नाबदान में छड़ डालकर मुझे डरा रहा है।

मैं मुस्कराया। मनुष्यों को यह विश्वास नहीं होगा कि मुर्गे भी मुस्कराते हैं, क्योंकि सुख-दुख, हर्ष-विषाद, हँसी-मुस्कान—सब पर वे केवल अपना ही अधिकार समझते हैं। वे अनंत काल से अपने अलावा अन्य सभी जीव-जंतुओं को भावनाविहीन समझते आए हैं। वे यह मानते हैं कि एहसास करनेवाला दिल केवल उन्हीं के पास होता है, मुर्गों का दिल तो तवे पर तलकर खाने की चीज होता है। उसमें धड़कन तो भले ही होती हो, पर भावना नहीं होती। इसलिए वह न तो रो सकता है और न मुस्करा सकता है।

लेकिन मैं मुस्कराया—एक परिंदा जिस तरह भी मुस्करा सकता है। यह सोचकर, कि यह आदमी जो अपने को संसार का सर्वश्रेष्ठ प्राणी मानता है और सभी प्राणियों से स्वयं को चतुर तथा बुद्धिमान समझता है, असल में यह कितना निरीह किस्म का मूर्ख है। इसे यह भी पता नहीं कि इसकी इस कोंच-फोंच से भला मैं बाहर क्यों निकलूँगा ? क्या मैं इतनी आसानी से इसके हाथों हलाल हो जाऊँगा ?

मैं थोड़ा-सा फिर आगे की ओर सरक गया और मेरी पूँछ उसकी छड़ से दूर हो गई। लेकिन कुछ ही पलों बाद छड़ फिर मेरी पूँछ को छूने लगी और मैं फिर मुस्कराया। मैं थोड़ा-सा और आगे सरक गया—यह देखने के लिए, कि आखिर इस आदमी की छड़ कितनी लंबी है ? लेकिन अब वह मेरे करीब तक नहीं आई।

वह यूँ ही थोड़ी देर तक नाबदान के तल और उसकी दीवारों से टकराती रही और फिर बाहर चली गई।

मैंने एक ठंडी साँस ली।

मनुष्यों को अब भी विचित्र लगेगा कि एक परिंदा भला किस तरह ठंडी साँस लेता होगा ? लेकिन मैंने ली, क्योंकि मैं समझ गया कि खतरा अब टल गया है।

और मैं बैठ गया।

गलियारे में बहनेवाला पानी धीरे-धीरे धीमा होता चला गया और थोड़ी ही देर बाद मैंने देखा कि उसकी सतह एकदम सूख-सी गई। मैंने अनुमान किया कि बाहर अब दोपहर हो गई होगी और लोग खा-पीकर सो गए होंगे।

दरअसल मेरे इन शहरी मालिकों को खाने और सोने के अलावा दूसरा कोई काम नहीं था। वे क्या करते थे, कैसे धन कमाते थे और उसका उपयोग किस-किस उद्देश्य से करते थे, यह सब हम परिंदों को बिलकुल पता नहीं चलता था। हम केवल यह देखते थे कि वे खूब खाते थे और खूब सोते थे, रात में भी और दिन में भी।

यूँ दिन में सोने की आदत मेरी भी थी, पर मृत्यु-भय के कारण मैं सोते समय भी जागता रहता था। जब मैं गाँव में था तो गलियों में और खेतों में दौड़ते-दौड़ते थक जाता था, इसलिए चर-चुगकर जब मैं खाली होता था तो किसी दीवार से टिककर

एकाध झपकी ले लिया करता था। इसी तरह मेरे अन्य साथी भी इधर-उधर चारपाइयों के पीछे, कोठरियों के कोनों में, या इसी तरह के किसी शांत स्थान में खड़े-खड़े झपकियाँ लिया करते थे। गर्मी के दिनों में तो हमारी यह आदत और भी बढ़ जाती थी। नींद के मामले में हम बिलकुल मनुष्यों-जैसे हो जाते थे। किसी भी छायादार स्थान पर हम खड़े हो जाते और थोड़ी देर तक अपनी चोंच खोलकर लक्-लक् करने के बाद ऊँघने लगते। लेकिन मनुष्यों के बच्चों का भी कोई जवाब नहीं। वे हमें सोते में आकर झिंझोड़ देते थे। कोई किसी छड़ी से हमारे किसी साथी पर यूँ ही बिलावजह प्रहार कर देता था और कोई किसी मुर्गी की पूँछ में अपनी उँगली गड़ा देता था। हम कुईं-कुईं करते हुए भाग खड़े होते थे।

गलियारे की सतह को खुश्क देखकर मुझे काफी राहत महसूस होने लगी थी और नींद भी आने लगी थी। हालाँकि उस वक्त मुझे भूख बड़ी शिद्दत के साथ लगी हुई थी, लेकिन उसे शांत करने का कोई उपाय उस सुरंग में नहीं था। मैंने कई बार आँखें फाड़-फाड़कर नाबदान के गलियारे में चुगने लायक कोई चीज ढूँढनी चाही, पर मैं असफल रहा। अतः अपने डैनों को सिकोड़कर मैं इतमीनान के साथ बैठ गया और ऊँघने की कोशिश करने लगा। यह इसलिए भी जरूरी था कि अपनी भूख की ओर से मेरा ध्यान हट जाए। नींद और भूख—किसी भी जानदार प्राणी की ये

दो अनिवार्य जरूरतें होती हैं। इनके बिना वह जिंदा नहीं रह सकता। लेकिन कभी-कभी एक के अभाव में दूसरे की सहायता से भी वह अपने प्राणों में ऊर्जा भर लिया करता है। यानी नींद न आए तो खाते रहो और खाना न मिले तो सो जाओ। लेकिन नींद के अभाव को भोजन से तृप्त करना शायद संभव भी हो, पर भोजन के अभाव को नींद से तृप्त करना मुश्किल है। उलटे अगर भूख लगी हो तो नींद आती ही नहीं। लेकिन एक सीमा के बाद अपने आप आँखें बंद जरूर होने लगती हैं, और ऐसा लगता है कि प्राणी अब सो गया है। निश्चय ही उस स्थिति को नींद लेना तो नहीं कहा जा सकता, पर भूख से लड़ते हुए थक जाने के कारण एक अलसाई हुई निष्क्रिय स्थिति उसे जरूर कहा जा सकता है।

धीरे-धीरे मैं उसी स्थिति में पहुँच गया था और मेरा शरीर एकदम निस्पंद हो गया था। मुझे लगा कि वाकई मैं सो रहा हूँ और इस एहसास मात्र से मुझे बेहद आराम मिलने लगा।

लेकिन, जैसा कि मनुष्यों के समाज में कहा जाता है, चार दिन की चाँदनी है, फिर अँधियारी रात, ठीक उसी तरह कुछ क्षणों बाद ही मेरे आराम का अंत हो गया था। अभी मेरी नींद थोड़ी-थोड़ी गहरा ही रही थी कि अपने पेट के नीचे मुझे कुछ सीलन-सी महसूस हुई और फिर छलछलाती हुई एक मोटी-सी जलधारा मेरे नीचे से निकल गई। मेरे पंख बुरी तरह भीग गए। मैं हड़बड़ाकर उठ गया। नाबदान में फिर पानी बहाया गया था। शायद मेरी मालकिनें जाग गई थीं और बर्तन-वर्तन साफ करने लगी थीं। उस घर में कुल दो औरतें थीं। एक उस बूढ़े की बीवी

और दूसरी उसकी बहू। बहू की गोद में एक शिशु भी था। हालाँकि बहू उसकी बेहद नाजुक और कमजोर थी, मगर बुढ़िया घर का सारा काम उसी से लिया करती थी। यहाँ तक कि अपनी सेवा-टहल भी वह उसी से कराया करती थी। मुर्गे-मुर्गियों के समाज में इस तरह का अन्याय नहीं था। यहाँ नर होने के नाते कोई भी मुर्गा किसी मुर्गी पर निर्भर नहीं था। इसी तरह कोई भी बूढ़ी मुर्गी किसी भी जवान मुर्गी से अपनी सेवा-टहल नहीं कराती थी। सबको अपना-अपना काम खुद करना होता था। हमें बचपन से ही आत्मनिर्भर होना सिखाया जाता था, जबकि मनुष्य तो स्वभाव से ही मानो पराश्रयी होते हैं। हर कोई किसी और पर निर्भर। अगर अपनी जाति पर वश न चले तो पशु-पक्षियों पर निर्भर।

मेरी टाँगों के नीचे से छलाछल पानी बह रहा था और मेरे लिए बैठना या नींद लेना अब मुश्किल हो गया था। यह तो दरबे से भी बदतर स्थिति हो गई ; ऐसा मैंने सोचा उस वक्त। हालाँकि दरबे का ही जीवन भला कहाँ का स्वर्ग था ! गाँव के मुर्गीखाने में तो थोड़ी खुली हवा भी आती थी, पर शहर के जिस दरबे में मैं रहता था वह एक ऐसी डिबिया-जैसा था जिसमें जगह तो बहुत थोड़ी-सी हो, पर चीजें ढेर-सारी भर दी गई हों।

जिस रोज मैं शहर लाया जा रहा था, यह सोचकर खुश हुआ था कि चलो कुछ तो माहौल बदलेगा। नई जगह देखने को मिलेगी और नए-नए साथियों से मुलाकात होगी। अपना नया घर होगा, नई दिनचर्या होगी। लेकिन यहाँ तो हाल ही अजब था।

गाँव से शहर तक मुझे एक झोले में रखकर लाया गया था।

मेरी दोनों टाँगों को एक मजबूत सुतली से कसकर बाँध दिया गया था और मुझे झोले में डाल दिया गया था। ऊपर से कुछ कपड़े ठूँस दिए गए थे। मेरे ग्रामीण मालिक ने इस शहरी मालिक को हिदायत दी थी कि रास्ते में मुर्गा बोलने न पाए, वरना वह मुसीबत में फँस सकता था। जिस मुसीबत की उसने चर्चा की थी वह बस इतनी-सी थी कि अगर बस में बैठे हुए अपने मालिक के झोले में से किसी भी तरह कपड़ों को हटाकर मैं एक हल्की-सी बाँग भी लगा देता तो बस का कंडक्टर इस बूढ़े से मेरा भी किराया वसूल कर लेता। क्योंकि हिंदुस्तान की बसों में परिंदों के भी पूरे टिकट लगा करते हैं।

मुझे लगता है कि इस देश का ट्रांसपोर्ट विभाग तो कम-से-कम हमें मनुष्यों के समान महत्व देता है। वरना हमारी हैसियत ही क्या है ?

खैर···मेरे इस नए मालिक ने बड़े एहतियात के साथ मुझे झोले में रखा और आगामी खतरे से पूरी तरह मुक्त हो जाने के लिए एक पतली-सी डोरी से इसने मेरी चोंच को भी बाँध दिया। दरअसल चोंच बाँधने की कला में इस मनुष्य जाति का कोई जवाब नहीं। जिस भी प्राणी से इसे अपने खिलाफ बोले जाने का खतरा महसूस होता है, यह उसकी चोंच को पहले ही बाँध देता है।

मैं बहुत कोशिश करता हूँ कि उस ऐतिहासिक दिन को भूल जाऊँ,

पर गाँव से शहर की वह यात्रा मुझे भूलती ही नहीं। टाँगें बँधी हुई, चोंच बँधी हुई, झोले के तल में डैने समेटे बैठा, ऊपर से कपड़ों का डाट और दम घुटता हुआ···उफ ! क्या गाँव से शहर की ओर आना ऐसे ही होता है ? अगर इस बात का पता मुझे पहले से चल जाता तो मैं आता ही नहीं। मैं उसी वक्त इन मनुष्यों से भिड़ गया होता और कूद-फाँदकर किसी खोह में छिप जाता। मगर होनी को कोई कैसे रोक सकता है ? छिपना तो मुझे इस नाबदान में था आखिर !

यह बूढ़ा मुझे लेकर जब बस में बैठा और बस चल पड़ी तो भीतर-ही-भीतर मेरे पर उकसने लगे। मेरे मन में यह तीव्र इच्छा उत्पन्न हो रही थी कि अगर जरा-सा भी मुझे मौका मिले तो मैं एक जोर की बाँग मारूँ। मैंने कई बार अंदर-ही-अंदर अपनी चोंच को झटके देकर बँधी हुई डोरी को तोड़ने की कोशिश की, मगर मैं असफल रहा। अगर मेरी टाँगें खुली होतीं तो उनकी सहायता से मैं अपनी चोंच को आजाद कर सकता था। मगर ये मनुष्य लोग होते बहुत चालाक हैं। ये लोग जिसकी चोंच बाँधते हैं, उसकी टाँगें भी बाँध देते हैं, ताकि वह बोल तो नहीं ही सके, उछल-कूद भी न सके। किसी को पूरी तरह अशक्त और परतंत्र कर देने में ही इन्हें परम सुख प्राप्त होता है।

सो मैं कुछ भी नहीं कर सका। और अंततः इस घर में उसी तरह आया, जिस तरह यह बूढ़ा चाहता था। यहाँ उसने झोले में से पहले कपड़े निकाले और फिर मेरे डैनों को पकड़कर मुझे बाहर किया। जिस वक्त मैं इसके आँगन में किसी मुर्दा जानवर की तरह भद्-से गिरा, उस वक्त इसके घर के अन्य लोग भी वहाँ

हाजिर हो गए और मुझे हैरत से देखने लगे। मानो इस बूढ़े से वे पूछ रहे हों कि यह क्या उठा लाए तुम ?

चूँकि मेरे जिस्म पर से कपड़ों का डाट हट चुका था और मैं खुली हवा में छोड़ दिया गया था, इसलिए मेरे भीतर एक हल्की-सी झुरझुरी उत्पन्न हो गई थी और धीरे-धीरे मैं स्वयं को चैतन्य अनुभव करने लगा था। मैंने बहुत देर बाद ठीक से साँस ली थी और बहुत देर बाद मैंने आकाश देखा था। मेरे मालिक ने तो नहीं, हाँ मेरी बुढ़िया मालकिन ने मेरी चोंच और पाँव खोल दिए थे। जब तक मेरी चोंच बँधी हुई थी तब तक मैं यही सोच रहा था कि जैसे ही यह डोरी खुलेगी, मैं खूब जोर-जोर से बाँग दूँगा। लेकिन डोरी जब खुल गई तो मेरे मुँह से एक जरा-सी आवाज भी नहीं निकली। शायद मेरी सारी इच्छाएँ तब तक मर चुकी थीं और मुझे कुछ भी अच्छा नहीं लग रहा था। मेरी टाँगों में बेहद दर्द था। जिस स्थान पर सुतली कसकर बाँधी गई थी, वहाँ की खाल छिल गई थी और अगल-बगल लाल-लाल रक्त जम गया था। घावों पर जब हवा लगी तो वे और भी टीसने लगे। मैंने चलने की कोशिश की तो टाँगों ने विद्रोह किया। वे पूरी तरह उठ नहीं पा रही थीं। अपने अब तक के जीवन-काल में मैंने इतना असहाय अपने को कभी नहीं पाया था।

लेकिन इस बुड्ढे के सुपुत्र ने तो हद ही कर दी थी उस रोज। बजाय इसके कि वह मेरी हालत पर थोड़ी-बहुत दया दिखाता—क्योंकि वह भी युवा था और मैं भी—उल्टे उसने मुझे एक हाथ से टाँग पकड़कर उठाया और दरबे की तरफ जोर से उछाल दिया। मैं पहले तो किसी टूटे हुए फल की तरह दरबे की छत पर

भद्-से गिरा, फिर वहाँ से लुढ़ककर नीचे आ गया। मैंने कुड़-कुड़ करते हुए उस असभ्य युवक को अनेक गालियाँ दीं और फिर दरबे के द्वार में घुस गया।

उस वक्त साँझ हो रही थी और हमारे प्रवेश के लिए द्वार खोल दिया गया था। मेरे अनेक साथी पहले से ही वहाँ कीड़ों-मकोड़ों की तरह बिलबिला रहे थे और कुछ शायद अभी और आनेवाले थे। दरबे में जगह इतनी कम थी कि सभी मुर्गी-मुर्गे एक दूसरे पर लगभग लदे हुए थे। वे अपने में ही इतने उलझे हुए थे कि मेरी उपस्थिति का उन्हें अभी तक जरा भी भान नहीं हुआ था। मैं अपने थके हुए शरीर और दुखती टाँगों को लिए किसी तरह कोशिश करके एक ओर खड़ा हो गया था।

हमारा वह घर बहुत छोटा था। वह लकड़ी के फट्टों से बना था और उसमें एक ओर लोहे की महीन जाली लगी थी, जिसकी छेदों से हल्का-हल्का प्रकाश और हल्की-हल्की हवा किसी तरह भीतर आ रही थी।

मेरे बाद दो-तीन साथी और उसमें घुसे थे और फिर दरवाजा बंद कर दिया गया था। चूँकि हमारे मालिकों को यह विश्वास था कि ये सभी परिंदे दिन-भर इधर-उधर चर-खाकर दरबे में घुसे हैं, इसलिए उसमें अलग से कोई दाना-वाना नहीं डाला गया था। मैंने अपने गाँव में सुबह के वक्त जो थोड़ा-सा दाना खाया था वह दिन में ही पच गया था और झोले में ही मैंने उसे निकाल भी दिया था। अब मुझे कसकर भूख लग रही थी, लेकिन मेरे सामने कोई चारा नहीं था।

जहाँ मैं खड़ा हुआ था वहीं पर ठीक मेरे बदन से सटकर एक

मोटी-सी शहरी मुर्गी खड़ी थी। उसके बदन में बला की गर्मी थी और पंख भी उसके बेहद मुलायम थे। उससे सटकर खड़े होने में मुझे बड़ी घबराहट हो रही थी। रह-रहकर मेरे भीतर फुरफुरी-सी छूटने लगती थी और उत्तेजना से मैं तड़प-तड़प जात था।

इस तरह भूख, दर्द और उत्तेजना से लड़ते हुए मैंने वह मनहूस रात काटी थी। वह मेरी जिंदगी की सबसे भयानक रात थी।

सुबह जब दरबे का द्वार खोला गया तो मेरे सभी शहरी साथी भड़भड़ाकर बाहर निकल पड़े और मैं उनके धक्के खाता वहीं खड़ा रहा। दरअसल मेरे भीतर इतनी पजमुर्दगी भर गई थी कि हिलने-डुलने में भी मुझे उकताहट-सी हो रही थी। मैंने तय किया कि मैं दिन-भर यहीं आराम करूँगा।

जब मेरे सभी साथी बाहर निकल गए तो मैंने अपने उस नए घर का मुआयना किया। मैंने देखा कि वहाँ गंदगी इस तरह फैली हुई थी जैसे वह गंदगी न होकर सफाई ही हो। पूरे दरबे में हमारे साथियों ने बीट कर रखी थी और उसे एक मुद्दत से साफ नहीं किया गया था। जो कई दिनों पुरानी बीट थी वह सूखकर फर्श का हिस्सा बन गई थी और उसके ऊपर कई गीली पर्तें चढ़ी हुई थीं। एकदम ताजा बीट भी पिचली होकर उन पर्तों के ऊपर एक नई पर्त के रूप में अपनी मौजूदगी दिखा रही थी। हमारे सभी साथी उस बीट में ही खड़े होते थे, बैठते थे और सोते थे। मुझे न केवल उस पूरे दृश्य से घृणा हुई बल्कि हैरत भी हुई। क्या शहर के सब प्राणी बीट में ही रहना पसंद करते हैं? ऊपर से तो ये बेहद उजले, गुदाज और नाजुक होते हैं, पर भीतर से? मुझे बड़ी

कोफ्त हुई। वहाँ, उसी बीट में कुछ दाने भी चिपके हुए थे। लगा कि इस घर के मालिक दरबे में यूँ ही कभी दाना वगैरह डाल देते होंगे। मेरी इच्छा तो हुई कि अपनी चोंच से कुछ दानों की बीट साफ करके उन्हें खा डालूँ और अपनी भूख को थोड़ा शांत करूँ, लेकिन फिर तुरंत ही यह इच्छा मर गई।

मैं अपने पंजों से एक कोने की बीट को साफ करके वहाँ बैठ गया। बैठने से मुझे काफी आराम महसूस हुआ। लेकिन तभी वह असभ्य युवक दरबे के पास आया और अपना हाथ भीतर डालकर उसने मुझे निकाल लिया। न जाने फिर अपने-आपमें वह क्या बुदबुदाया और मुझे आँगन में छोड़ दिया उसने। मैं लँगड़ाता हुआ चलने लगा और चकित होकर बदले हुए माहौल को देखने लगा। आँगन में पड़े हुए चंद दानों, प्याज के छिलकों और पालक की सूखी हुई पत्तियों पर मैंने चोंच भी मारी, कुछ खाया भी। मगर जिस तरह अपने गाँव में मैं उछलता-कूदता था, बाँग देता था और मुंडेर पर जाकर बैठ जाता था—उस तरह का कोई कारनामा मैंने नहीं किया।

फिर मेरी बूढ़ी मालकिन ने शायद अनुमान लगा लिया कि मैं कुछ अस्वस्थ हूँ और उसे मुझे पर कुछ दया आ गई। उसने एक कोने से मुझे पकड़ा और ध्यानपूर्वक मेरा निरीक्षण करने लगी। थोड़ी देर बाद बुढ़िया वह कटोरी उठा लाई जिसमें उसके पोते की मालिश के लिए अजवाइनयुक्त गरम तेल रखा हुआ था। उसने आहिस्ता-आहिस्ता मेरी टाँगों के घावों पर वह तेल लगाया और फिर मेरे आगे विशेष रूप से चावल के कुछ दाने डाल दिए। मैं उसके प्रति कृतज्ञता से भर उठा। मनुष्यों में भी यदा-कदा

इस प्रकार के दयावान प्राणी मिल ही जाते हैं। अगर दया, करुणा और प्रेम जैसे तत्व न होते तो मनुष्य का परिंदों से रिश्ता ही क्यों होता? लेकिन करुणा का यह रिश्ता किस क्षण हत्या के रिश्ते में बदल जाएगा, कुछ कहा नहीं जा सकता।

मैंने पेट-भर दाना चुगा और एक बर्तन में भरे पानी से अपनी प्यास बुझाकर मैं दरबे में घुस गया।

शाम तक मेरे भावी संबंधियों को यह पता चल गया कि उनके बीच एक नया सदस्य आया है और वह अब स्थायी रूप से यहीं रहेगा। यह बात उनमें से अनेक को नहीं भाई, पर अनेक ने इस घटना पर खुशी भी जाहिर की। और फिर धीरे-धीरे सब सामान्य हो गया। जिन साथियों ने पहले-पहल मुझे ईर्ष्या की निगाह से देखा था, वे भी मुझे पसंद करने लगे। और जिस मोटी मुर्गी का जिक्र मैंने पहले किया है, वह तो मेरे प्रति विशेष रूप से हितू हो गई।

गलियारे में फिर अँधेरा होने लगा था। शायद दिन ढल रहा था और बाहर शाम हो रही थी। शाम का दृश्य भी कितना सुहाना होता है! शहर में तो शाम का सौंदर्य मुझे कभी देखने को ही नहीं मिला, पर अपने गाँव में मैं उसके कोटिशः रूप देख चुका था। सूरज जब डूबने को होता तो आसमान पर एक अजीब-सी लालिमा छा जाती। क्षितिज बिल्कुल लाल रंग के मुर्गे की तरह दिखाई देता और उसके इर्द-गिर्द बादलों के बहुरंगी टुकड़े ऐसे

लगते मानो ढेर-की-ढेर चितकबरी मुर्गियाँ टहल रही हों। उस वक्त हम लोग चर-खाकर मुर्गीखाने की ओर वापस आ रहे होते। सूर्य का गोला धीरे-धीरे पहाड़ी के पार डूब रहा होता और धरती पर एक विशालकाय काली छाया पसर रही होती। घरों में चूल्हे जल जाते और उनका धुआँ छप्पर फाड़कर ऊपर उठने लगता। गाँव के सारे मनुष्य अपने दिन-भर के काम से खाली होकर अपने आँगनों में या बरामदों में बैठ जाते और तरह-तरह की चर्चाओं में मशगूल हो जाते। कहीं ट्रांज़िस्टर खोल दिया जाता तो कहीं किस्से सुनाए जाते। कहीं रामायण का पाठ होता तो कहीं कीर्तन, बच्चे रोते, चीखते, चिल्लाते, ऊधम मचाते और ऊँघने लगते। उनकी माँएँ उन्हें झिझोड़कर जगातीं और भोजन बनाने में जुटी रहतीं···

हालाँकि इस पूरे तामझाम से मनुष्य लोग हमें अलग रखते और वे शायद कभी सोचते भी नहीं थे कि प्रकृति से हमारा भी कोई लगाव हो सकता है। मगर सच्चाई यह है कि प्रकृति से जितना लगाव पशु-पक्षियों को होता है उतना किसी और को नहीं। मनुष्य तो प्रकृति को भी अपने उपयोग की दृष्टि से मापता है, जबकि हम उसे केवल सौंदर्य की दृष्टि से देखते हैं। प्रकृति के रंग-रूप, रस-गंध, शब्द-स्पर्श—सब कुछ को हम भी महसूस करते हैं, पर निःस्वार्थ, निस्पृह भाव से। हम उससे कुछ चाहते नहीं, उसे कुछ देते ही हैं। हम न सही, हमारी उपजाति के असंख्य पंछी उसके अस्तित्व के लिए ही मानो जीते हैं और यह कैसे कहा जा सकता है कि हमारे भीतर प्रकृति को जीवंत बनाने की लालसा नहीं होती !

मगर शहर आते ही वह सब समाप्त हो गया। प्रकृति ही समाप्त हो गई। शायद प्रकृति को समाप्त करके ही शहरों का निर्माण हुआ है और मनुष्य ने उसके सौंदर्य को उपयोगी वस्तुओं में बदल दिया है।

आकाश ! यह हमारे लिए कितना बड़ा सत्य है। मगर यहाँ आकर मैंने उसे उस रूप में देखा ही नहीं। उसका विस्तार कितना सिकुड़ गया यहाँ आने पर ! इस गलियारे में तो उसका कोई सिकुड़ा हुआ, कटा हुआ टुकड़ा भी नहीं दिखाई पड़ता। आकाश का आभास ही मर गया है। बस आँखों के आगे बदलते हुए रंग को ही देखकर उसके बदलाव को महसूस किया जा सकता है। और इसी एक एहसास के सहारे मैंने सोचा कि शायद शाम हो गई है।

पानी का एक और रेला गलियारे में दौड़ता हुआ आया था, जिसमें चावल के चंद दाने तेजी के साथ बहे जा रहे थे। मैंने झपटकर उनमें से कुछ दानों पर अपनी चोंच मारी और बाकी मेरे अगल-बगल से पीछे की ओर बह गए। अगर पानी की रफ्तार धीमी होती तो शायद सारे-के-सारे दानों को मैं उदरस्थ कर गया होता।

चावल के उन चंद दानों का मेरे पेट में पहुँचना था कि मेरी भूख और भी तीव्र हो उठी। अब मेरे पेट में बुरी तरह ऐंठन शुरू हुई, मानो जो दाने मेरे आमाशय में पहुँचे थे वे खाली जगह

पाकर वहाँ आजादी के साथ उछल-कूद मचा रहे हों···

अब मैंने अपना सारा ध्यान पानी के रेले पर लगा दिया। आँखें फाड़-फाड़कर मैं उस बहाव को देखने लगा। शायद बूढ़े की बहू आँगन में बैठकर चावल धो रही थी, क्योंकि पानी का रंग हल्का दूधिया दिखाई पड़ रहा था। चावल धोते वक्त आम तौर से कुछ दाने पानी के साथ बह निकलते थे। बहू का हाथ भी इस मामले में काफी उदार था, जिसे उसकी सास लापरवाही कहा करती थी और प्रायः ही तंबीह किया करती थी कि चावल धोते वक्त इतने दाने न गिराया करे। इसीलिए धोवन के साथ दाने कम आ रहे थे।

लेकिन थोड़ी ही देर बाद पकी हुई दाल के भी चंद दाने आए और मैंने उन्हें भी उदरस्थ कर लिया। स्वाद से लगा कि वह दाल दिन के भोजन से बची हुई रही होगी और मनुष्यों के लिए निरुपयोगी हो गई होगी। वे प्रायः बासी खाना नहीं खाया करते थे और उसे या तो फेंक देते थे या किसी भिखारी को दे देते थे। यह प्रवृत्ति मैंने मनुष्यों में ही पाई कि जिस वस्तु का उपयोग भद्रजन नहीं कर पाते, उसे अपनी ही जाति के उन लोगों को देकर पुण्य अर्जित किया करते हैं जो उन्हीं के कारण दीन-हीन अवस्था में अपने दिन व्यतीत करते हैं। हमारी अपनी जाति में ऐसा प्रायः नहीं होता। हम ऐसा कभी नहीं करते कि अच्छा दाना तो खुद खा लें और बासी तथा सड़ा हुआ दाना अन्य मुर्गियों या मुर्गों के लिए छोड़ दें। दरअसल हमारे यहाँ अमीर-गरीब, भद्र-अभ्रद, संपन्न-विपन्न का कोई भेद नहीं है। ये सब चोंचले मनुष्यों को ही शोभा देते हैं। हमारे यहाँ छोटे-बड़े की कोई अवधारणा ही नहीं है।

इसलिए स्वार्थी हम भले ही हों, पर भेद-भाव को माननेवाले नहीं हैं। स्वार्थी इस अर्थ में, कि दाना चाहे अच्छा हो या बुरा, ताजा हो या सड़ा हुआ, हमारे साथी उस पर पूरी ताकत से टूट पड़ते थे और जिस तरह भी हो, अपना पेट भरने में संलग्न हो जाते थे। बल्कि कुछ मुर्गियाँ तो इस मामले में हद से ज्यादा संकीर्ण भी थीं। वे सारा दाना अकेले ही उदरस्थ कर डालना चाहती थीं। अगर आँगन में ढेर सारा दाना बिखरा हो तो वे अकेले ही उसे छेंककर खाने लगती थीं और अन्य मुर्गियों-मुर्गों को चोंच मार-मारकर भगा देती थीं। इस बात को लेकर प्रायः बूढ़ी मुर्गियों और बूढ़े मुर्गों में जमकर लड़ाई होती थी। मगर ऐसा कभी नहीं होता था कि वे सड़ा हुआ दाना दूसरों के लिए छोड़ दें और खुद स्वादिष्ट दाना खा लें, जबकि भद्रजन ऐसा ही किया करते थे।

जब द्वार पर से कोई भिखारी न गुजरता तो ऐसे भोजन को वे प्रायः फेंक दिया करते थे। लेकिन हमारी बुढ़िया मालकिन का आदेश था कि दाना फेंका न जाए, क्योंकि उनकी यह मान्यता थी कि 'दाने-आल' को फेंकने से गुनाह होता है। वे ऐसा बचा हुआ भोजन कुत्तों, बिल्लियों या परिंदों को खिला दिया करती थीं। लेकिन हमारी बारी एकदम अंत में ही आती। सबसे पहले तो वे यही कोशिश करतीं कि बासी भोजन किसी 'गरीब आदमी' को दे दिया जाए। जब उन्हें कोई गरीब आदमी न मिलता तो वे उसे अपनी बिल्ली को दे देतीं। अगर बिल्ली भी उसे न छूती तब वह कुत्ते के आगे रखा जाता और जब कुत्ता भी उसे निरस्त कर देता तब वह हमारे बीच फेंक दिया जाता या चिड़ियों के खाने के लिए छत पर डाल दिया जाता।

इस तरह वह सड़ा हुआ दाना भी हम तक बिलकुल अंत में ही पहुँचता। यानी हम कुत्तों और बिल्लियों से भी गए-बीते थे। वैसे होता तो अक्सर यही था कि हमारी बारी आने ही नहीं पाती थी। सारा खाद्य बिचौलियों में ही बँटकर समाप्त हो जाता था। चीजों को बिचौलियों के बीच ही समाप्त कर देने का रिवाज मनुष्यों में बहुत आम हो चला था। इसलिए हमारे अधिकार में बस उतना ही दाना आता था जितना बर्तन में चिपका रह जाए। जब बर्तन को धोया जाता तो उसमें चिपके हुए दाने पानी में बहकर आँगन में फैल जाते थे और हम उन पर टूट पड़ते थे। हमारे आपस के द्वंद्व के कारण उनमें से भी कुछ दाने नाली में बह जाते। हम इसे अपनी आँखों से देखते, पर अपनी जातीय विशेषताओं के कारण उस द्वंद्व से उबर नहीं पाते थे। द्वंद्व से तो खैर कोई भी नहीं उबर पाता। परस्पर का द्वंद्व मनुष्यों से लेकर कीड़ों-मकोड़ों तक में एक-जैसा पाया जाता है।

शायद हमारे साथियों के द्वंद्व के कारण ही दाल के जो दाने नाली में बह गए थे वही मेरे पास तक पहुँचे थे और पूरी स्वतंत्रता के साथ मैंने उन्हें ग्रहण कर लिया था। कभी-कभी इस तरह की स्वतंत्रता भी काफी आनंददायिनी हो जाती है। अतः उस वक्त मैं एक अजीब-से सुख का अनुभव कर रहा था। हालाँकि मेरा पेट पूरी तरह नहीं भरा था, पर इससे ज्यादा वहाँ कुछ हो नहीं सकता था। अतः अब मैं यह इंतजार करने लगा कि पानी की रफ्तार थमे और मैं बैठकर थोड़ा आराम करूँ।

लेकिन आदमियों को पानी का बस एक ही काम हो तब न! वहाँ तो नहाना, कपड़े धोना, रह-रहकर हाथ-मुँह साफ करना,

रसोई का गंदा पानी बहाना···तरह-तरह के काम थे। अतः रफ्तार अभी उसी तरह बनी हुई थी।

कभी-कभी जब बादल का कोई टुकड़ा सूर्य को ढँक लेता है तो अचानक धरती का रंग धुँधला हो जाता है और लगता है मानो यकायक वातावरण बदल गया है। उसी तरह गलियारे का वातावरण भी अब बदल गया था। सूराख से आनेवाली रोशनी दप्-से बुझ गई थी और वहाँ धुँधलका छा गया था। चीजें अस्पष्ट हो गई थीं। पानी की जो धार बह रही थी उसकी चमक गायब हो गई थी और यदा-कदा दिखाई पड़ जानेवाले चावल के दाने भी लुप्त हो गए थे। अगल-बगल की दीवारें मानो गुम हो गई थीं।

यानी बाहर की दुनिया में रात हो गई थी।

रात चाहे अँधेरी हो अथवा उजेली, वह केवल रात होती है और दिन की चमकदार छवि से भिन्न होती है। उसमें एक अजीब किस्म की चुप्पी और अस्पष्टता भरी होती है। अँधेरा उसमें प्राण की तरह समाया होता है। मनुष्य समय के उस प्राण से लड़ता है। इसके लिए उसने तरह-तरह के तरीके ईजाद किए हैं। दीपक से लेकर बिजली तक। सूर्यास्त होते ही वह अंधकार से लड़ने के लिए तैयार हो जाता है, मानो साबित करना चाहता हो कि हमारा स्वभाव प्रकाश में रहना ही है; अंधकार हमें जँचता नहीं। लेकिन हमारे साथ ऐसा कुछ नहीं है। हम अंधकार को अंधकार की तरह और प्रकाश को प्रकाश की तरह जीने पर

विश्वास करते हैं। इस तरह प्रकृति को उसके नैसर्गिक रूप में भोगना ही हमारा मूल स्वभाव है। मगर इन मनुष्यों ने हमारी अभिरुचियों को बदल दिया है। हमें पालतू बनाकर इन्होंने अपने जैसा ही हमें भी बनाने की कोशिश की है। इसलिए अंधकार और प्रकाश के फर्क को इन्होंने हमारे सामने पूरी शिद्‌दत के साथ उभारा है और हम भी प्रायः जानने लगे हैं कि प्रकाश का आनंद क्या होता है और अंधकार की तकलीफ क्या। हमारा गँवई मालिक मुर्गीखाने में चिराग जलवाता था और यहाँ शहर में भी हमारा दरबा ऐसी जगह था जहाँ बिजली की रोशनी एक पतली लकीर के रूप में तैरती रहती थी। अतः मेरी आदत बिगड़ गई थी। परिणामस्वरूप उस सुरंग का अँधेरा मेरी आँखों में काँटे की तरह चुभ रहा था और मैं अपनी पुतलियों को फैला-फैलाकर अपने आस-पास की चीजों को देखना चाहता था। मगर मैं असमर्थ था। मुझे कुछ भी दिखाई नहीं पड़ रहा था। देखने का अपना जो सुख है, उसका एहसास उसी वक्त होता है जब प्राणी को कुछ भी नहीं दिखाई पड़ता। इस तरह अपनी एक महत्वपूर्ण इंद्रिय का निरर्थक हो जाना निपट तकलीफदेह और घुटन से भरा हुआ था। लेकिन उस तकलीफ से, उस घुटन से, मुक्त होने का मेरे पास कोई उपाय नहीं था।

आँखों में इंद्रधनुष

वहाँ आकाश नहीं था। सूरज नहीं था। खेत नहीं थे। वहाँ कोई चीज़ ऐसी नहीं थी जिसे देखकर मेरा मन उमगता या जीने के लिए अपने डैनों में मैं ताकत भर सकता। हालाँकि बाहर भी कुछ नहीं था—सिवा एक शहर के। शहर में सबकुछ था, पर गाँव नहीं था, क्योंकि वहाँ खेत नहीं थे। हमारी अपनी प्रकृति नहीं थी। वहाँ हमारी कोई प्रधानता नहीं थी। शहर में केवल शहर ही प्रधान था। शहर की मुर्गियाँ, शहर के मुर्गे, शहर के चूजे—ये सब गाँव की मुर्गियों, गाँव के मुर्गों और गाँव के चूजों से भिन्न थे। यहाँ कोई भी मुर्गी किसी 'मुन्नी' की मुर्गी नहीं थी, कोई भी मुर्गा किसी 'अम्मा' का मुर्गा नहीं था और न ही कोई चूजा ऐसा था जिसे लाल-हरे रंग में रँगकर कोई बच्चा कहता कि 'यह हमारा है'।

शहर में दूर कहीं एक पौल्ट्री फार्म था, जहाँ पता नहीं किस विधि से हमारी जाति के कुछ प्राणी तैयार किए जाते थे। बिल्कुल सफेद ! एकदम अंग्रेज ! साहबों-जैसे मुर्गे, मेमों-जैसी मुर्गियाँ, जो दिन-दिन भर कूल्हे मटकाती घूमती रहती थीं और फार्म की गोलियाँ खा-खाकर अंडे दिया करती थीं। मुर्गों से ये कोई संबंध

नहीं रखती थीं, इसलिए उनके चूजों का कोई बाप नहीं था।

इस तरह के कुछ जीव हमारे गाँव के मुर्गीखाने में भी एक बार आए थे। उन दिनों हमें नहीं मालूम था कि ये किस देस के प्राणी हैं। वे जीव जल्दी ही खत्म हो गए थे और हम उन्हें भूल गए थे। लेकिन शहर आने पर उनका रहस्य मुझे मालूम हुआ। हमारे शहरी मालिकों के लिए इन मेम-मुर्गियों की बस एक ही उपयोगिता थी कि उनके लिए ये अंडे मुहैया करें। जब उन्हें अंडों की जरूरत महसूस होती, तब वे पचनोल-जैसी छोटी-छोटी असंख्य गोलियाँ पौल्ट्री फार्म से ले आते और मुर्गियों के आगे डाल देते। मुर्गियाँ जी-भरके उन्हें खातीं और अंडे देने लगतीं। जब वे अंडे देकर मुक्त होतीं तो बहुत हल्की हो जातीं। फिर एक रोज ऐसा आता कि उनका जिस्म भीतर से एकदम सूख गया होता और उनमें जरा भी ताकत न रह जाती। तब उन मुर्गियों को वे हाथों में उठाकर तौलते और उन्हें हलाल करके खा जाते या बेच देते।

हमारे उस शहरी दरबे में दोनों तरह के मुर्गे थे और दोनों तरह की मुर्गियाँ। कुछ दिनों तक वहाँ एक अंग्रेज किस्म की मुर्गी से मेरा अपनापा भी रहा था। वह अभी हल्की नहीं हुई थी और उसके बदन में अब भी गर्माई भरी हुई थी। उसके तन से जब मेरा तन टकराता तो एक अजीब-सी हलचल मेरे भीतर पैदा हो जाती। लेकिन जल्दी ही वह मुझसे दूर छिटक जाती। घर की स्त्रियाँ भी मुझे उससे दूर कर देतीं। पहले तो मुझे बेहद क्रोध आता, लेकिन धीरे-धीरे मैं यह समझने लगा कि इसे मुर्गों के साथ रहने की आदत नहीं है। दरअसल नर का स्पर्श उसने जाना ही

नहीं था। वह नहीं जानती थी कि नर और मादा के रिश्ते क्या होते हैं। यही नहीं, वह उन चूजों तक को प्यार नहीं करती थी जो उसी के अंडों से निकले होते थे। यानी उस दुनिया में सबकुछ इतना नकली था कि उस बेचारी पर क्रोध करना बेमानी था।

और मैंने तय किया कि अपनी इस साथिन को मैं एक प्राकृतिक प्राणी में बदलकर रहूँगा···

पानी का बहाव अब थम गया था और गलियारे में थोड़ा उजाला भी नजर आने लगा था। उजाला ऐसा, जैसे चाँद में ग्रहण लगा हो और चाँदनी में हल्की सियाही घुली हुई हो। उस उजाले में सुरंग की सतह साफ दिखाई पड़ रही थी, जिस पर मेरे पंजे टिके हुए थे। मैंने अपने पंजों को ध्यान से देखा। मेरे नाखून स्याह पड़ गए थे और चमड़ी सुन्न हो गई थी। टाँगों में हल्की-सी कँपकँपी हो रही थी और उनका रंग पीला होने लगा था। मेरी दाहिनी टाँग में बेहद दर्द था। शायद इसलिए कि वह गलियारे की दीवार से टिका हुआ था और उसे मैं हिला-डुला नहीं पा रहा था। हाँ, मेरी बाईं टाँग दीवार से अपेक्षाकृत अलग थी और उसे मैं रह-रहकर थोड़ा-सा अगल-बगल कर लिया करता था। मैंने चाहा कि थोड़ी देर के लिए मैं एक टाँग पर खड़ा हो जाऊँ—अपनी बाईं टाँग पर—और दूसरी टाँग को मोड़कर उसे आराम दूँ, पर ऐसा मैं नहीं कर सका।

यानी उस सभ्य शहर के उस सड़े हुए नाबदान में इतनी भी

आजादी नहीं थी कि कोई एक टाँग पर खड़ा होकर अपनी दूसरी टाँग को थोड़ी राहत दे सके।

गाँव में ऐसी कठोर परतंत्रता का जीवन नहीं था। वहाँ हम जब चाहते थे किसी घूर या टीले पर एक टाँग पर खड़े हो जाते थे और आकाश की ओर चोंच उठाकर बाँग दिया करते थे। यहाँ तो मैं सिर भी नहीं उठा पा रहा था।

खैर···मैं उस अंग्रेज मुर्गी के बारे में बता रहा था। मेरी प्रबल इच्छा थी कि वह मेरे ही अंडे दे और मेरे चूजे पैदा करे, न कि पौल्ट्री फार्म की गोलियों के। आज सारी दुनिया में नस्लें बदली जा रही हैं। एक देश का आदमी दूसरे देश की स्त्री से संबंध जोड़कर बच्चे पैदा कर रहा है और इस तरह एक विश्वजीवन कायम हो रहा है। तब, एक मुर्गा यह काम क्यों नहीं कर सकता ? लेकिन मेरी मालकिनों को यह पसंद नहीं था। मैं ज्यों ही उसके पास पहुँचता, वे डाँटकर मुझे भगा देतीं या फिर उसे ही मुझसे अलग कर देतीं।

लेकिन प्रकृति के स्वाभाविक नियम को अधिक दिनों तक कृत्रिम अनुशासन में नहीं बाँधा जा सकता। एक रोज हल्की बूँदाबाँदी हो रही थी और हवा अचानक सर्द हो उठी थी। ऐसे खराब मौसम में मेरे मालिक लोग घर के भीतर बंद थे और अँगीठी में कोयले जलाकर अपने तनों को गर्म कर रहे थे। पर हम खुले हुए थे। हमारे सभी साथी उस रोज इधर-उधर दुबके

हुए थे। जाहिर है कि ठंड उन्हें भी लग रही थी, पर उनके दरबे में कोई अँगीठी भला कहाँ थी ! मैं भी अपने डैनों को सिकोड़ता हुआ बरामदे में खड़ी चारपाई के पीछे दुबकने के लिए चल पड़ा। चारपाई और दीवार के बीच की जगह मुझे शुरू से अच्छी लगती थी। गाँव में भी मैं ऐसी ही जगह की तलाश में रहता था। एकांत और पूरी तरह सुरक्षित। पर वहाँ तो वह अंग्रेज मुर्गी पहले से जमी हुई थी। मुझे देखते ही वह हल्के-से कुड़कुड़ाई और अपने डैनों को फुरफुराने लगी। फुरफुरी मेरे डैनों में भी हुई और उसके सामने पहुँचकर मैं भी कुड़कुड़ाया। उस वक्त मुझे अपने गाँव की एक घटना याद आ गई और मैंने अपनी चोंच को उसकी चोंच से सटा दिया। उसने कुड़कुड़ाना बंद कर दिया। यह समझदारी से भरा हुआ एक संकेत था शायद। लेकिन अंततः मैं ही गलत निकला। अंग्रेज मुर्गी से केवल इश्क-भर किया जा सकता था—बस। उसे एक स्वाभाविक मुर्गी में नहीं बदला जा सकता था। वह मेरे चूजों की माँ नहीं बन सकती थी···

नाबदान में फिर पानी बहाया गया था। छल्-छल् करती हुई एक गंदी-सी जलधारा मेरी टाँगों के बीच पुनः बहने लगी थी। मैंने चाहा कि गलियारे की दीवारों से अपने दोनों डैनों को सटाकर मैं किसी तरह ऊपर उठ जाऊँ और पानी की सतह से मेरा जिस्म अलग हो जाए, पर ऐसा नहीं हो सका। जैसे ही मैंने खुद को ऊपर उठाने की कोशिश की, मैं एक झटके के साथ नीचे गिर

पड़ा और मेरा पेट पानी के प्रवाह में डूब गया। मेरे रोयें लतफत हो गए, छाती में ठंड से सिहरन होने लगी और मैंने अपनी आँखें बंद कर लीं। अगर बहता हुआ पानी न दिखाई पड़े तो शायद सर्दी भी कम लगे—उस वक्त मैंने यही सोचा ; लेकिन मेरी स्थिति में कोई खास फर्क नहीं पड़ा। तब मैं थोड़ा और आगे बढ़ने की कोशिश करने लगा। परिणामस्वरूप जल में डूबे हुए मेरे पंजे चले तो जरूर, मगर उनमें पहले जैसी ताकत नहीं थी। टाँगें बड़ी मुश्किल से उठ पा रही थीं और अपने डैनों को गलियारे की दीवारों की रगड़ से बचाना भी मेरे लिए लगभग असंभव था। अतः थोड़ी दूर चलने के बाद ही मैं फिर खड़ा हो गया। थकान और अंगों की पीड़ा के कारण मुझे चक्कर-सा आने लगा। मेरी आँखों के सामने कोई रंग-बिरंगी चक्करदार-सी चीज घूमने लगी। पलकों में एक इंद्रधनुष-सा तनने लगा और मानो मैं किसी दूसरे लोक में पहुँच गया। एक रंग-बिरंगी घूमती हुई दुनिया··· मेले के शोर से भरी हुई···

अचानक मेरी आँखों में अपने गाँव के पास का वह मेला उभरने लगा, जहाँ साल में एक बार हमें बड़े आदर के साथ ले जाया जाता था।

उस रोज एक त्योहार होता था—खिचड़ी, जिसे हमारा मालिक तो नहीं मनाता था, पर मेले में वह भी जाता था। दरअसल मनुष्यों के समाज में त्योहारों के भी धार्मिक वर्ग बने हुए हैं। कुछ त्योहार हिंदू हैं और कुछ त्योहार मुसलमान। ऐसा कोई भी त्योहार उनके यहाँ नहीं है जिसे मनुष्यों का त्योहार कहा जा सके। खिचड़ी भी केवल हिंदू त्योहार था। लेकिन नदी के किनारे

लगनेवाला वह मेला हिंदू नहीं था। वहाँ हिंदू-मुसलमान सभी जाते थे। और हद तो यह थी कि हम परिंदे भी वहाँ ले जाए जाते थे।

मेले में तरह-तरह की दूकानें सजती थीं, तरह-तरह की सजी-बजी स्त्रियाँ आती थीं, तरह-तरह के खेल-तमाशे होते थे ; और सबसे रोचक तमाशा वह था जो हमारे साथी दिखाते थे। दूकानों की भीड़-भाड़ से अलग हटकर दूर-दूर से आए हुए मुर्गा-मालिक एक गोलाकार घेरा बनाकर बैठ जाते और बिना किसी बाजे-गाजे के परिंदों का खेल शुरू हो जाता था। वहाँ हर मनुष्य के हाथ में एक मुर्गा होता था—तने हुए केस, लाल-लाल आँखों, फरफराते हुए परों और तेज-नुकीली चोंचवाला मुर्गा। एक आदमी उस तमाशे का नियंत्रण करता था। वह दो मुर्गा-मालिकों को चुनकर घेरे के भीतर बुलाता और वे लोग अपने-अपने मुर्गों को थामे आमने-सामने उकड़ूँ बैठ जाते। फिर वे अपने-अपने मुर्गे को ऊपर उठाकर चूमते और एक-दूसरे से जूझने के लिए उन्हें छोड़ देते।

और फिर बस ! शुरू हो जाता दो परिंदो का खतरनाक द्वंद्व ! चोंच से चोंच टकराने लगती। पर से पर रगड़ खाने लगते। और ऐसा लगता मानो प्रकृति के दो जानदार पिंड एक-दूसरे को नेस्तोनाबूद कर डालने के लिए सक्रिय हो उठे हों। एक थोड़ा-सा ऊपर उछलता तो दूसरा उससे भी ज्यादा ऊपर उछल जाता। एक अपनी चोंच को जरा-सा झटका देता तो दूसरा उससे भी तेज झटका देकर अपने प्रतिद्वंद्वी पर झपटता। और थोड़ी ही देर में देखा जाता कि दोनों प्राणी लहू-लुहान हो गए हैं, उनके पर

नुच गए हैं और वे बुरी तरह हाँफ रहे हैं। फिर तो जो भी उस स्थिति का लाभ उठाकर एक बार और हमला कर बैठता, वह जीत जाता, क्योंकि अगले ही पल देखा जाता कि दूसरा फरीक या तो धूल में पड़ा फड़फड़ा रहा है या फिर दुम दबाकर भाग खड़ा हुआ है।

तमाशा देखनेवाले मनुष्य इस पर खूब शोर मचाते और करतल-ध्वनि के बीच ही दूसरे प्रतिद्वंद्वी मैदान में उतारे जाते। इस तरह सूरज डूबने तक यह कार्यक्रम चलता रहता। देर रात गए जब सारे मालिक अपने-अपने घरों को लौट रहे होते तो रास्ते में उनके बीच आपसी लड़ाई भी छिड़ जाती। जिस आदमी का मुर्गा अधिक घायल हो गया होता या हार गया होता, वह विजेता मुर्गे के मालिक को बेईमान ठहराता और मुर्गों की जंग आदमियों की जंग में बदल जाती।

इस दृष्टि से अगर देखें तो शहर के अंग्रेज नस्लवाले मुर्गे खुशकिस्मत हैं। वे युद्ध की इस परंपरागत कला से प्रायः अनभिज्ञ हैं; क्योंकि वे लड़-भिड़कर या धूल-मिट्टी में लोट-पोटकर बड़े नहीं होते। उनका विकास बिजली की गर्मी से होता है। जीवन यहाँ मनुष्यों द्वारा ईजाद किए गए बौद्धिक विज्ञान में बंद है, प्रकृति की उन्मुक्तता में नहीं।

मेला, मेले की दूकानें, मेले में घूमनेवाले लोग, मलाई-बरफ के लिए मचलनेवाले बच्चे, मायके की स्त्रियों से लिपटकर रोने-

वाली स्त्रियाँ तथा लड़-लड़कर खूनमखून हो जानेवाले मेरे अपने संगी-साथी—सबकी शक्लें उस रंग-बिरंगे चक्करदार वृत्त में गड्ड-मड्ड हो रही थीं और ऐसा प्रतीत हो रहा था मानो अगले ही पल मैं जमीन पर गिर पड़ूँगा। लेकिन मेरे गिरने के लिए जमीन वहाँ थी ही कहाँ ? वहाँ तो सिर्फ एक तंग-सी पतली लकीर-भर थी, जिसमें लगातार पानी की धारा बहे जा रही थी। इसके अलावा मेरा जिस्म अगल-बगल की दीवारों में इस प्रकार फँसा हुआ था कि गिर पड़ना मेरे लिए एकदम असंभव था। अगर मैं बेहोश होकर थोड़ी देर के लिए गिर भी पड़ता तो शायद मुझे कुछ राहत मिलती। कभी-कभी बेहोशी भी लाभदायक होती है। एकदम शांति। निर्वेद की दशा। सारे दुखों से क्षण-भर के लिए मुक्ति। लेकिन मेरे लिए उस दशा को प्राप्त करना भी असंभव था। अतः उस चक्करदार रंग-बिरंगे वृत्त से मैं लगातार जूझे चला जा रहा था, जिसमें एक के बाद दूसरी और दूसरी के बाद तीसरी···तरह-तरह की शक्लें मनुष्य के बच्चों की चकरी की तरह घूम रही थीं। वहाँ उस अंग्रेज मुर्गी के साथ-साथ वह मोटी मुर्गी भी घूम रही थी जो यहाँ आते ही मेरे प्रति हितू हो गई थी। मैं लगातार कोशिश किए जा रहा था कि इन शक्लों के स्थान पर कोई दूसरी शक्ल उभरे···किसी गँवई मुर्गी की कोई शक्ल··· सुंदर-सी···कत्थई-लाल परों और गुलाबी चोंचवाली··· पर नहीं। गाँव का एक मेला आया भी उस वृत्त में तो बस थोड़ी देर के लिए। उसके बाद फिर वही दरबा, वही शहरी मुर्गे, वही शहरी मुर्गियाँ, वही शहरी मालिक, वही शहरी मालकिनें, मालिक का पुत्र, उसका भयंकर चेहरा, छलछलाता हुआ पानी···और मैं किसी

तरह बैठ जाने की कोशिश करने लगा। मेरी टाँगें अब जवाब देने लगी थीं। डैने निष्क्रिय हुए जा रहे थे। जिस्म के भीतर कुछ ठंडा हुआ जा रहा था।

···और कोशिश करके मैं उस बहते हुए पानी में ही बैठ गया।

फिर मुझे ऐसा लगने लगा कि मैं सो रहा हूँ। मेरी पलकें अनायास मुँद गई थीं और पेट के नीचे बहती हुई जलधारा का एहसास खत्म हो गया था।

पोई का सपना

मैं सपना देख रहा था।

और मेरा वह स्वप्न असाधारण था। जैसा कि स्वाभाविक था, मैं सपने में देख सकता था कि एक आदमी चाकू लेकर मुझे हलाल करने के लिए बढ़ा आ रहा है ; या मैं हलाल किया जा रहा हूँ और आदमी के चुंगल से मुक्त होने के लिए छटपटा रहा हूँ ; या पानी का एक अंतहीन रेला है और उसमें मैं बहा जा रहा हूँ···

लेकिन इस प्रकार का कोई भी भयोत्पादक सपना मुझे नहीं दिखाई पड़ा।

मैंने तो अपने सपने में गाँव की उस पोई को देखा जो दिन-दिन-भर मेरे इर्द-गिर्द मँडराया करती थी और जिसे मैं इतना चाहता था··· इतना चाहता था कि उसके बिना एक क्षण भी गुजारना मेरे लिए एक युग के समान था।

जिस प्रकार मनुष्यों के समाज में स्त्री-पुरुष-संबंधों का अपना निश्चित नियम है और उसी नियम के दायरे में रहकर वे अपना काम चलाते हैं, उस तरह का कोई भी बँधा-बँधाया नियम हमारे समाज में नहीं है। इसलिए संबंधों के मामले में हम काफी

उन्मुक्त थे। लेकिन हममें से कुछ ऐसे भी परिंदे थे जो इस मामले में थोड़ी सतर्कता बरतते थे। हमें अपनी बहिनों की पहचान भले न रहती हो, पर माँ को हम पहचानते थे और बड़ा होने के बाद भी माँ को माँ ही मानते थे। बहिनों की पहचान इसलिए भी मुश्किल थी कि उनकी तादाद बहुत ज्यादा होती थी और दूसरी तमाम माँओं की बेटियों से वे इस प्रकार घुली-मिली होती थीं कि हम उन्हें अलग-अलग करके नहीं देख पाते थे। इसलिए मैं यह तो नहीं कह सकता कि वह पोई किस मुर्गी की बेटी थी और रिश्ते में मेरी क्या लगती थी, पर सामाजिक नियमों के अलावा भी प्रकृति का जो एक नियम है उसके तहत मेरा-उसका रिश्ता अन्य रिश्तों से काफी भिन्न हो गया था।

हमारे उस गँवई मुर्गीखाने में उन दिनों छः-सात मुर्गियाँ ऐसी थीं जिन्होंने एक साथ अंडे सेये थे और एक साथ असंख्य चूजे वहाँ भर गए थे। लाल, सफेद, काले और चितकबरे रंग के उन चूंजों में मैं भी था और वह भी, जिसका मैंने सपना देखा था। वह मुझे बेहद प्यारी लगती थी। बचपन में हम साथ-साथ बारियों में घूमते और महीन दाने तलाशते। हम अपने छोटे-छोटे परों को उत्साह के साथ फड़फड़ाते हुए पूरी खोरी में उछलते और चीं-चीं करते हुए परस्पर अपनी भावनाओं को प्रकट करते। हालाँकि हमारी माँएँ अपने बच्चों को अपने-अपने साथ लेकर चरने के लिए निकला करतीं, पर जल्दी ही हम अपनी टोलियों में से बाहर निकल आते और बच्चों की एक नई टोली बन जाती।

फिर धीरे-धीरे हम किशोरावस्था में कदम रखने लगे। हमारी टाँगें स्वस्थ हो गईं और हमारा बदन गदबदाने लगा। हमारी आँखों

में तीखापन आ गया और हमारी चोंचों का रंग बदल गया। मेरे सिर पर हल्का-हल्का केस भी उगने लगा और जल्दी ही मैं घर-भर के आकर्षण का केंद्र बन गया।

मेरी वह प्रिया भी खूब स्वस्थ हो गई थी और उसके रोओं में एक अजीब-सी चमक आ गई थी। लाल, कत्थई और सफेद रंग के उसके पर इतने खूबसूरत थे कि उनके स्पर्श के लिए मेरा जी मचल-मचल उठता था। उसकी टाँगें पतली, लेकिन सुघड़ थीं; चोंच पर बचपन-जैसी लालिमा अभी तक शेष थी और सिर पर हल्की-हल्की पीली-सी रेखा उगी हुई थी। उसकी चीं-चूँ अब कीं-कूँ में बदल गई थी, जो मेरे मुँह से निकलनेवाली 'कुकडूँ-कूँ' से ज्यादा मधुर लगती थी। उसकी पूँछ में गजब का तनाव था और उसके मुकाबले में मेरी छितराई हुई मर्दानी पूँछ बहुत बेढब-सी लगती थी।

मैं उस पर फिदा हो गया था।

एक रोज जब हम लोग घर के पासवाली बारी में चर रहे थे तो मैं कुड़-कुड़ करता हुआ उसके पास पहुँच गया और एकदम उससे सटकर मिट्टी में चोंच मारने लगा। उन दिनों बारी के भुट्टे टूट चुके थे और उसमें सरसों बोने की तैयारी चल रही थी। बारी को मनुष्यों ने जोत डाला था और उसकी मिट्टी काफी भुरभुरी हो गई थी। चूँकि अभी उसमें दाने बोए नहीं गए थे, इसलिए उसमें घुसकर अपना चारा तलाशने के लिए हम स्वतंत्र

थे। इस मामले में हमारे मालिक बहुत चालाक थे। वे बारियों में दाना बोने से पूर्व उन्हें टट्टरों में रूँध दिया करते थे, ताकि वे हमारी पहुँच से परे हो जाएँ। हालाँकि जंगली तोतों, कौवों और गौरैयों से वे बारियों की सुरक्षा नहीं कर पाते थे, लेकिन उन्हें डराने के वास्ते भी उन्होंने तरह-तरह के उपाय खोज निकाले थे। उन्हें यह विश्वास था कि सारे परिंदे मनुष्यों से डरते हैं, इसलिए बारियों में वे अपनी नकली शक्लें बनाकर उन्हें डंडों के सहारे गाड़ दिया करते थे। ऐसी शक्लों को वे 'बिजूका' या 'धोख' कहते थे। मुझे इस बात पर बेहद हँसी आती थी कि अपने स्वार्थ के लिए ये मनुष्य किस प्रकार देखते-ही-देखते बिजूका बन जाते हैं। अपने खाद्य की सुरक्षा के लिए हम लोग कभी भी कोई नकली मुर्गा बनाकर अपने इर्द-गिर्द नहीं रखते थे। लेकिन मनुष्य लोग ऐसा किया करते थे। फिर भी वे कितना सफल होते थे, मैं नहीं कह सकता ; क्योंकि तोते, कौवे और गौरैया आदि परिंदे उनकी तमाम सतर्कताओं के बावजूद उनकी बारियों में पहुँच जाते थे और अपना पेट भर लेते थे। दिक्कत सिर्फ हमें होती थी। हम लोग बिजूकों से तो डरते नहीं थे, पर बारियाँ चूँकि रूँधी होती थीं, इसलिए हम उनमें नहीं घुस पाते थे। इस मामले में हमारी उपजाति के अन्य परिंदे अधिक खुशकिस्मत थे। चूँकि वे काफी ऊपर तक उड़ सकते थे, इसलिए मनुष्यों द्वारा बनाई गई बाड़ों का उन पर कोई प्रभाव नहीं पड़ता था। पर हम तो मजबूर थे। ईश्वर ने कितना अन्याय किया है हमारे साथ कि परिंदा तो बनाया हमें, पर उड़ने की शक्ति से वंचित रखा। आकाश को हम सिर्फ देख सकते हैं, उसके विस्तार में पंख फैलाकर उड़ नहीं

सकते। जैसे मनुष्यों में बौना, उसी तरह परिंदों में मुर्गा।

मुझे इस बात का अफसोस हमेशा रहा है कि मैं उड़ नहीं सकता। अगर मैं उड़ सकता तो कम-से-कम यह नौबत तो न आती कि मैं मृत्यु के भय से इस नाली में घुसकर छिपता और पानी के रेले में फँसकर भूख-प्यास से तड़पता। मैं कितनी आसानी से उड़कर किसी दूर-दराज के पेड़ पर बैठ सकता था। हालाँकि ये मनुष्य उड़नेवाली चिड़ियों को भी कहाँ छोड़ते हैं, पर कम-से-कम वे इतनी विवश तो नहीं होतीं। उनका जीवन हमारे जीवन से बहुत भिन्न होता है। उनका रहन-सहन, उनका चरना-चुगना, उनका घर-घोंसला··· सबकुछ भिन्न। हम तो अपना घर तक अपने मन से नहीं बना सकते। अगर मैं मुर्गा न होकर गौरवा होता तो मैं भी कहीं से तिनके इकट्‌ठा करके एक सुंदर-सा घोंसला बनाता और किसी गौरैया के साथ ठाठ से अपना जीवन बिताता; किसी मुर्गीखाने या लकड़ी के दरबे में पालतू बनकर क्यों रहता?

खैर··· मैं बता यह रहा था कि उस रोज बारी में चरता-चरता मैं उस पोई के पास पहुँच गया और एकदम उसकी देह से सटकर मिट्‌टी में चोंच मारने लगा। उसे मेरी यह हरकत शायद पसंद नहीं आई और वह कुड़-कुड़ करती हुई मुझसे दूर हो गई। लेकिन मैं फिर उसके पास पहुँच गया और उसकी देह से सट गया। तब उसने चोंच उठाकर मुझे ध्यानपूर्वक देखा और उसकी

आँखों में एक अजीब-सी तरलता झलक उठी। उसने अपनी चोंच झुका ली और मिट्टी को यूँ ही झूठ-मूठ कुरेदने लगी। मैं किंकर्तव्यविमूढ़-सा खड़ा रहा।

फिर तो हम प्रायः एक-दूसरे के साथ रहने लगे। जब सुबह-सुबह मुर्गीखाने के हमारे तमाम साथी बारियों और खोरियों में बिखर जाते, तब हम अलग-थलग होकर या तो किसी दीवार की छाया में खड़े हो जाते या आँगन में लगी हुई सेम की झाड़ियों के नीचे छुपकर एक-दूसरे को देखा करते। वह प्रायः अपनी चोंच झुकाए जमीन की ओर घूरती रहती और मैं अपने पंख फड़फड़ाकर बाँग दिया करता।

इस तरह हम एक-दूसरे के लिए इतने आवश्यक हो गए थे कि बिना एक के दूसरे का पल-भर भी नहीं कटता था। और फिर हमारे संबंध धीरे-धीरे बहुत आगे बढ़ गए थे। उन दिनों हमारे मुर्गीखाने के छप्पर की दरार में किसी गौरैया के जोड़े ने अपना घोंसला बना रखा था और वे नन्हें-नन्हें पंछी बड़े सुख के साथ वहाँ रहा करते थे। एक रोज मैंने उन्हें एक-दूसरे को प्यार करते हुए देखा। हालाँकि मैंने यह बाद में समझा कि वह 'प्यार' था—उस वक्त तो मैंने उसे एक रोचक खेल ही समझा था। पर वह खेल मुझे इतना अच्छा लगा कि दूसरे दिन अपनी पोई के साथ मैंने भी वैसा ही खेल खेला। पहले तो आमने-सामने खड़े होकर हमने एक-दूसरे की चोंच को छुआ। फिर वह अचानक ही वहाँ से भाग चली और मैं उसे खदेड़ने लगा। मैं जितना ही उसे खदेड़ता, वह उतना ही मगन होती। और फिर···और फिर क्षण-भर बाद ही हम उस गौरैये के जोड़े में बदल गए।

मैं अपनी प्रशंसा और दूसरों की निंदा नहीं करना चाहता। लेकिन इतना अवश्य है कि मेरे घर के अन्य मुर्गे प्रेम के मामले में बेहद उजड्ड तथा असभ्य थे। वे प्रायः किसी भी मुर्गी के पीछे लग जाते और अपनी एक टाँग पर खड़े होकर, अपने डैनों को बिलकुल धरती से सटाकर उन्हें फड़फड़ाते हुए अपनी अतृप्त कामेच्छा का परिचय दिया करते थे। उसके बाद उस मुर्गी के साथ वे वैसा ही सलूक करते थे जैसा कि आवारा और लोफर किस्म के मनुष्य अपनी जाति की स्त्रियों के साथ किया करते हैं। लेकिन अपनी पोई के साथ मैंने ऐसा कोई बर्ताव नहीं किया जो उसे नापसंद होता। मैं अपनी चोंच से उसकी चोंच को छूते ही यह समझ जाता था कि वह क्या चाहती है, और फिर उसी के अनुसार अपना प्रेम प्रकट किया करता था। शायद यही कारण था कि वह मुझे बहुत पसंद करती थी और मुर्गीखाने में भी अक्सर मेरे ही पास रहा करती थी। हालाँकि दूसरे मुर्गे इस बात को नापसंद करते थे और यदा-कदा उसे परेशान करने की कोशिश भी करते थे, मगर मैं हमेशा उसकी रक्षा किया करता था। मुझे अच्छी तरह पता था कि मुर्गीखाने के दूसरे तमाम मुर्गों की निगाह उस पर गड़ी हुई थी और वे कई बार धरती से अपने डैने सटाकर उन्हें फड़फड़ाते हुए अपना प्रेम-निवेदन उसके समक्ष कर चुके थे। पर किसी को भी उसने मुँह नहीं लगाया था।

एक बार तो उसके ही कारण एक मुर्गे से मेरी लड़ाई भी हो गई थी। जाड़ों के दिन थे और हम लोग उन दिनों सूरज के डूबने से पहले ही मुर्गीखाने में आ जाते थे। उस रोज मैं अपनी पोई के साथ चर-खाकर उल्लास में भरा हुआ चला आ रहा था कि

अचानक मुझे लगा कि मेरी पोई कहीं छूट गई है। मैंने मुड़कर देखा तो पाया कि वह एक झाड़ी में फँस गई है और मेरा ही साथी एक मुर्गा उसके इर्द-गिर्द अपने डैने फड़फड़ा रहा है। बस फिर क्या था, मैं तीर की तरह भागा और उस मुर्गे से जूझ पड़ा। देखते-ही-देखते हमारी गर्दनें फूल उठीं और हम एक-दूसरे से भिड़ गए। एक ओर वह और दूसरी ओर मैं। एक बार वह आगे बढ़कर मेरी चोंच पर हमला करता तो दूसरी बार मैं आगे बढ़कर उसके जिस्म पर झपट्टा मारता। और क्षण-भर बाद ही हम लहूलुहान हो गए। मैंने उसकी गर्दन के पर नोच डाले और मांस में जगह-जगह अपनी चोंच गड़ा डाली। नतीजा यह हुआ कि वह अपनी दुम दबाकर भाग खड़ा हुआ और मैं शान के साथ अपनी पोई को लेकर मुर्गीखाने में घुस गया। युद्ध में हालाँकि मुझे भी थोड़ी चोट आई थी, पर मेरा जख्म हल्का था ; वह जल्दी ही सूख गया और मेरे नुचे हुए रोएँ भी पूर्ववत् हो गए। लेकिन उस मुर्गे की खाल में एक बड़ा-सा घाव बन गया और अंततः वह हमारे मालिकों द्वारा काटकर खा डाला गया।

अपने सपने में उसी पोई को मैंने देखा। जैसे कोई खूब बड़ा-सा मैदान है और उसमें हम दौड़ रहे हैं। मैदान में हरी-हरी दूब उगी हुई है, जो ओस में डूबी हुई है। हमारे पंजे ओस में भीग गए हैं और दूब की टूटी हुई पत्तियाँ उनमें चिपकी हुई हैं। पोई का रंग बदला हुआ है। उसके पंख सफेद हैं और उनमें काली-काली

बुंदकियाँ पड़ी हुई हैं। मुझे हैरत होती है कि इसका यह रंग कैसे हो गया? लेकिन फिर भी वह मुझे सुंदर लग रही है और मैं उसकी चोंच से अपनी चोंच सटाए खड़ा हूँ।

तभी देखता हूँ कि वही असभ्य मुर्गा, जिससे मेरी लड़ाई हुई थी और जो बीमार पड़ जाने के कारण काट डाला गया था, अपनी डरावनी शक्ल बनाए वहाँ उपस्थित हो गया है। उसके पंख एकदम काले हैं और वह चील की तरह दिखाई पड़ रहा है।

हम उससे डर जाते हैं और भागने लगते हैं। थोड़ा आगे चलकर अपनी पोई को मैं अपने पंखों में छिपा लेता हूँ और उस बड़े मैदान को पार करके एक बस्ती में पहुँच जाता हूँ। वहाँ जीवन का रंग वैसा ही है जैसा कि आम दिनों में हुआ करता है। स्त्रियों ने अपने आँगनों में सूखने के लिए दाने फैला दिए हैं और खुद घरेलू कार्यों में व्यस्त हैं। हम एक आँगन में जाकर गेहूँ खाने लगते हैं। और फिर मेरी पोई अपनी सहेलियों में जाकर मिल जाती है। मैं उसका ध्यान अपनी ओर आकर्षित करने के लिए एक घूर पर जाकर खड़ा हो जाता हूँ और जोर से अपने पर तथा नथुने फड़फड़ाकर बाँग देता हूँ।

कुकड़ूँ-कूँ··· !

और मेरा सपना टूट जाता है। न वहाँ कोई मैदान है, न बस्ती, न आँगन, न गेहूँ, न घूर और न पोई। बस··· केवल अँधेरा··· केवल अँधेरा !

मैंने अपनी आँखें फाड़ीं। मगर सामने एक हल्का-सा बिंदु भी नहीं चमका। मैंने अपनी गर्दन को झटका दिया, लेकिन कहीं से कोई एक हल्की-सी रेखा भी स्पष्ट नहीं हुई।

थोड़ी देर बाद मुझे अपने पेट के नीचे सीलन का एहसास हुआ और मैं खड़ा हो गया। हालाँकि नाबदान में उस वक्त पानी नहीं बह रहा था, मगर तल उसका बुरी तरह गीला था। मेरे रोएँ उसमें लतफत हो गए थे और मुझे हल्की-हल्की सर्दी-सी लग रही थी। मैं काँप रहा था, लेकिन जिस्म को गर्म करने का कोई उपाय उस गलियारे में नहीं था।

मुझे फिर अपनी पोई याद आई। जब मैं खेत में चरते हुए कभी बारिश में भीग जाता तो मुर्गीखाने में आकर अपनी पोई के परों से सटकर खड़ा हो जाता। उसके मुलायम डैनों में जितनी भी उष्णता थी, वह धीरे-धीरे मेरे डैनों में समाने लगती और मेरा बदन गर्म हो उठता। तब मैं उसकी चोंच को अपनी चोंच से छू-भर देता और वह लहरा उठती।

जिन दिनों मैं यहाँ लाया गया, उसके जीवन के वे अत्यंत बहुमूल्य और मधुरतम दिन थे। अब वह पूरी तरह युवा हो चुकी थी और उसकी देह में वे सारे लक्षण उभरने लगे थे जो किसी ज्ञात-यौवना में होते हैं। यानी अब वह पोई—अर्थात् किशोरी—नहीं रह गई थी। उसके गलुवों की लालिमा गाढ़ी हो गई थी और धीरे-धीरे वह एक युवा मुर्गी में तबदील हो गई थी। उसके गर्भ में मेरे खून से निर्मित नन्हे-नन्हें अंडे आकार ले रहे थे। उन अविकसित आकृतियों ने उसे परेशान करके रख दिया था और वह अविरल भाव से करकराने लगी थी। जब वह करकर-करकर बोलना शुरू करती तो चुप ही न होती। मैं उसकी इस हरकत से बेहद शर्मिंदा था और इधर-उधर छिपता रहता था। लेकिन वह तो मानो मुझे ही ढूँढ़ा करती थी और जैसे ही मैं कहीं दिखाई पड़

जाता, वह और जोर से चीखने लगती। जैसे वह मुझे जताना चाहती हो कि देखो अब हम निकट भविष्य में कुछ नन्हें-नन्हें चूजों के माता-पिता बननेवाले हैं।

लेकिन मेरे सामने वह क्षण आया ही नहीं। जिस रोज मेरी पोई ने पहला अंडा दिया, उसके दूसरे रोज ही मैं यहाँ भेज दिया गया। मुझे याद आ रहा है कि उस रोज मेरी पोई बेहद थकी हुई थी। वह एक सुबह करकराने लगी थी और इधर-उधर छिपने लगी थी। दरअसल वह एकांत तलाश रही थी, जहाँ छिपकर अपना पहला अंडा दे सके। लेकिन मनुष्यों का ऐसा खयाल है शायद कि ये सारे काम गोपनीय ढंग से केवल मनुष्य ही करते हैं ; अन्य प्राणी तो निर्लज्ज होते हैं। इसलिए वे उनकी भावनाओं का ध्यान नहीं रखते। लेकिन इस मामले में इनकी स्त्रियाँ समझदार और उदार होती हैं। वे गाय-बकरी से लेकर मुर्गियों तक की जनन-संबंधी पीड़ा को समझ लेती हैं और उसे अपनी पीड़ा से जोड़कर देखती हैं। शायद यही कारण है कि इस एक काम के लिए वे अचानक ही बड़ी दयालु हो जाती हैं और हर तरह की सहायता करने के लिए तैयार हो जाती हैं। मेरी पोई की सहायता भी मेरी उस जवान मालकिन ने की थी। शायद उसने समझ लिया था कि वह प्रसव-पीड़ा से छटपटा रही है और अंडा देना चाहती है। उसने आगे बढ़कर मेरी पोई को पकड़ लिया था और उसे एक कोने में बैठाकर ऊपर से एक बड़ा-सा टोकरा ढाँप दिया था। मुझे आश्चर्य हुआ था कि वह इतनी आसानी से पकड़ में आ गई थी और टोकरे के नीचे दुबककर चुप हो गई थी।

मैं सिर झुकाए खेतों की ओर चला गया लेकिन मन उसी

टोकरे के नीचे लगा हुआ था। मेरी पोई किस हालत में होगी वहाँ ? बस मैं यही सोच रहा था और झूठ-मूठ अपनी चोंच से मिट्टी कुरेद रहा था। मेरे आसपास जो अन्य साथी कुलाँचे भर रहे थे, मैं उनकी ओर तनिक भी आकर्षित नहीं हो रहा था।

फिर मैं उस दालान की ओर बढ़ गया था, जहाँ मेरी पोई ढँकी हुई थी ! दालान में एक ओर धान फैला हुआ था, इसलिए मेरी मालकिन ने पहले तो मुझे 'छुर-छुर' करके भगाया, लेकिन जब मैंने धान के ढेर से दूर हटकर दुबारा वहाँ जाने की कोशिश की, तो फिर उसने कोई आपत्ति नहीं की।

और ठीक उसी वक्त उसने वह टोकरा उलट दिया, जिसके नीचे मेरी पोई बंद थी। टोकरे के हटते ही वह कूँ-कूँ करती हुई लजाती हुई-सी वहाँ से भाग खड़ी हुई। मैंने दूर से ही देखा, धरती पर एक हल्के गुलाबी रंग का लम्बोतरा-सा अंडा रखा हुआ था—छोटा-सा, जैसे आगामी सृष्टि का कोई जीवंत पिंड हो !

मैं वहाँ से टल गया था। दालान से आँगन में, आँगन से खोरी में और खोरी से खेत में चारों ओर अपनी पोई की मैंने तलाश की थी, लेकिन मिली थी वह मुर्गीखाने में। वहाँ एक कोने में दुबककर वह बैठी थी—थकी हुई-सी, पर आत्मसंतोष से भरी हुई।

मैं ठीक उसके सामने बैठ गया था।

और फिर बस ! वह हमारी आखिरी मुलाकात थी।

सुबह तो मैं झोले में कैद था और मेरे ऊपर कपड़ों का सख्त डाट कसा हुआ था।

मेरे यहाँ आने के बाद न जाने उसका क्या हुआ होगा ? उसके अंडों से कितने बच्चे निकले होंगे ? कब वह कुड़क गई

होगी ? और कब उसे जिबह कर दिया गया होगा ?

मेरी आँखों के आगे जैसे अँधेरे की एक और पर्त जम गई और मैं सुस्त हो गया। मैं उसी सीलन में फिर बैठ गया।

हालाँकि इस नए घर में आते ही, जैसा कि मैंने पहले भी जिक्र किया है, एक मोटी-सी सुकोमल परों और गुदाज बदनवाली मुर्गी मेरी हितू हो गई थी, लेकिन बहुत दिनों तक वह पोई ही मेरे मन-मस्तिष्क पर छाई रही। उसकी गुलाबी चोंच, उसकी तिरछी आँखें, हल्के पीले रंग की पतली-पतली टाँगें, कत्थई-चितकबरे पंख··· सबकुछ मुझे इस तरह याद आता कि इच्छा होती, उड़ जाऊँ यहाँ से और पहुँच जाऊँ अपने उसी गाँव में। लेकिन मेरे डैनों में इतनी क्षमता कहाँ थी ? अगर मुर्गे उड़ ही सकते तो क्या वे इसी तरह मनुष्यों की छुरी से हलाल हुआ करते ?

बहरहाल, उस मोटी मुर्गी से मैंने अपना संबंध बढ़ा लिया और धीरे-धीरे वह मुझे उस पोई-जैसी ही लगने लगी। अब मैं, जब कभी उसकी चोंच से अपनी चोंच सटाकर खड़ा होता तो ऐसा लगता मानो मेरी पोई ही मेरे सामने खड़ी है और मैं खिल उठता।

लेकिन एक रोज बड़ा गज़ब हो गया। मुझे यह नहीं मालूम था कि उस मोटी मुर्गी के कई आशिक हैं। वह इस प्रकार मेरे साथ-साथ घूमती थी कि मैं उस पर सिर्फ अपना ही अधिकार समझता था। लेकिन उस रोज हुआ यह कि ज्योंही हम अपने

मकान की बगलवाली गली से गुजरे, एक काले-चितकबरे रंग का विशालकाय मुर्गा इस तरह हमारी ओर झपटा मानो इस इलाके का वह राजा हो और हम उसकी प्रजा! पहले तो उसने मेरी संगिनी के साथ बद्तमीजी की और फिर मुझसे भिड़ गया।

उस गली में कोई खाँ साहब रहते थे, जिनका वह मुर्गा था। वह बहुत पुराना था और बलिष्ठ भी। पूरे इलाके में उसकी चर्चा थी। लोग उसे खाँ साहब का मुर्गा न कहकर 'खाँ साहब' ही कहा करते थे। जब किसी बच्चे को वह काट लेता तो लोग कहते "यार, आज मेरे बच्चे को खाँ साहब ने काट लिया।" मैंने सुना था कि खाँ साहब उसे बादाम खिलाया करते थे और मुर्गियों से प्रायः दूर रखा करते थे। लेकिन यह अनुशासन मनुष्यों में भले ही चल जाए, हमारी जाति में नहीं चल सकता। आज तक मैंने कोई ब्रह्मचारी मुर्गा नहीं देखा। मुर्गे को आप कितना भी बाँधकर रखिए, वह अपने लिए कोई-न-कोई मुर्गी ढूँढ ही लेगा ; जैसे कि 'खाँ' साहब ने उस मोटी मुर्गी को ढूँढ लिया था। अगर वह मुर्गा न होकर मनुष्य होता तो शायद इस पाप से बच सकता था। लेकिन हमारे समाज में तो पाप-पुण्य की कोई अवधारणा ही नहीं है। इसीलिए मुर्गों में कोई ऋषि या नबी नहीं हुआ। हाँ, लड़ाके बहुत हुए हैं। जैसा कि वह 'खाँ साहब' भी था। वह दूर-दूर के मुर्गों से लड़ने के लिए जाया करता था और शील्ड जीतकर लाता था। खाँ साहब की बैठक में जितनी भी शील्डें रखी थीं, वे सब इसी मुर्गे की देन थीं। खाँ साहब ने बाकायदा इस मुर्गे को लड़ने की ट्रेनिंग दी थी। वे रोज उसे अभ्यास कराते थे और अपने साथ टहलाने ले जाते थे। अपने पूरे जीवन में मैंने इतनी इज्जत किसी मुर्गे की

नहीं देखी। जिस रोज मैं गाँव से शहर आया, उसके पाँचवें रोज ही मुझे इस 'खाँ साहब' का पता चल गया था और उस रोज के बाद से मैं अक्सर इसके करिश्मे देखा करता था। लेकिन भई, मैं ठहरा गँवई, मैंने इस 'खाँ साहब' को 'गली के गुंडे' से ज्यादा नहीं समझा। जिस तामझाम के साथ उसकी आवभगत होती थी, वह तो किसी गुंडे की ही हो सकती है।

लेकिन उस रोज उसकी सारी गुंडई हवा हो गई। मुझ पर जब वह झपटा तो मैं गली के किनारे बह रही नाली में गिर पड़ा और उसने सोच लिया कि मैं परास्त हो गया। बस, वहाँ से गर्दन फुलाता हुआ चल पड़ा और दूर खड़ी उस मोटी मुर्गी के पास पहुँचकर कुड़-कुड़ करते हुए उस पर रोब गाँठने लगा। इस बीच मैं नाली से बाहर आ गया था और जमीन से अपने डैने रगड़कर उन्हें साफ कर चुका था। अब मैं अपने पूरे गँवई अंदाज में वहाँ से तीर की तरह छूटा और 'खाँ साहब' पर टूट पड़ा। मैंने अपनी चोंच उसकी आँख के ऊपर इस तरह मारी कि वह बिलबिला उठा। अभी वह सँभलने की कोशिश ही कर रहा था, कि अपने पंजों से मैंने उसकी गर्दन नोच डाली। वह बौखला उठा। उसके केस तन गए और गर्दन उसकी फूलकर मदारी की बीन हो गई। मुझे उसने हिकारत के साथ देखा और पूरी ताकत के साथ मुझ पर टूट पड़ा। लेकिन बजाय उसका सामना करने के मैं बगल से कन्नी काट गया। नतीजा यह हुआ कि वह मुँह के बल जमीन पर गिर पड़ा। तब पैंतरा बदलकर मैं उस पर झपटा और उसके डैनों के तीन-चार पंख मैंने नोच डाले। वह दर्द से छटपटा उठा। अभी वह घूमकर मेरे ऊपर जवाबी हमला करने ही जा रहा था

कि उसकी आँख के ऊपर मैंने फिर अपनी चोंच मार दी और वह भाग खड़ा हुआ।

इस तरह अपनी गँवई पद्धति से मैंने उस शहरी गुंडे को उस रोज पराजित कर दिया। इससे न केवल उस मोटी मुर्गी की निगाह में, बल्कि मुहल्ले के समूचे मुर्गी-समाज में मेरी इज्जत बढ़ गई। अब मैं शान के साथ केस ताने गली में निकलता और चिल्लाता—कुकड़ूँ-कूँSS !

लेकिन उस बंद गलियारे में, उस नाबदान में इस तरह की किसी भी किस्म की बहादुरी का कोई मतलब नहीं था। केवल उन बातों को वहाँ याद-भर किया जा सकता था और उनसे जिंदा रहने की ऊर्जा ग्रहण की जा सकती थी। इसके अलावा और कुछ नहीं हो सकता था। नाबदान की दीवारों से लड़ा नहीं जा सकता था। अंधकार और पानी के रेले को चोंच मारकर डराया नहीं जा सकता था। अपनी भूख को, अपने दर्द को, गर्दन फुलाकर खदेड़ा नहीं जा सकता था। सिर्फ कोशिश की जा सकती थी—जिंदा रहने की, नाबदान से बाहर निकलने की और इसके लिए मनोबल बनाने की। उस कोशिश के लिए, उस मनोबल के लिए सोचना, याद करना और सपना देखना जरूरी था···

नया दिन, नया जीवन

मैं लगातार आगे बढ़ने की कोशिश कर रहा था। अगर नाबदान के मुख्य द्वार तक मैं किसी तरह पहुँच जाता हूँ तो फिर बाहर निकलने में कोई दिक्कत नहीं रह जाएगी। मेरे मन में बस यही एक खयाल था, जो मुझमें शक्ति तथा ऊर्जा का अनवरत संचार कर रहा था हालाँकि मैं यह भी जानता था कि जैसे ही मैं नाबदान से बाहर निकलूँगा, लोग मुझे धर दबोचेंगे और हलाल करके खा जाएँगे, लेकिन धीरे-धीरे मेरे भीतर यह आत्मविश्वास पैदा हो चला था कि मैं बाहर होते ही एक झटके के साथ फरार हो जाऊँगा। यद्यपि यह एक जोखिम भरा काम था, पर उस सुरंग की घुटन ने तरह-तरह की विचित्र भावनाएँ मेरी खोपड़ी में उगा डाली थीं—जैसे, खंडहर पर भाँति-भाँति की वनस्पतियाँ अनायास ही उग जाती हैं।

दरअसल अँधेरा, सीलन और भूख ने मुझे बुरी तरह हिला दिया था। 'इस तंग गलियारे में, जहाँ न तो आकाश का कोई टुकड़ा है और न सूर्य की कोई किरन पहुँचती है, आखिर मैं कब तक बंद रहूँगा ?' इस सवाल ने मुझे परेशान कर दिया था और

न जाने किस अदृश्य शक्ति से संचालित होकर मैं आगे बढ़ने लगा था।

लगातार पानी में रहने के कारण मेरी टाँगें सुन्न हो गई थीं और डैने भी मेरे भीगकर लत्तड़ बन चुके थे। इसलिए जब मैंने चलना शुरू किया तो ऐसा लगा मानो मैं मुर्गा नहीं, मुर्गी हूँ और किसी बदमाश मुर्गे ने मुझे चोंच मार-मारकर घायल कर दिया है। मेरी टाँगें बड़ी मुश्किल से उठ रही थीं और मेरे ही डैनों के भार से वे असंतुलित हो उठती थीं। अतः रह-रहकर मैं लड़खड़ा जाता था। भूख से मेरा पेट एकदम सूख गया था और मेरी आँखों की रोशनी एकदम क्षीण हो गई थी। अब गलियारे की दीवारें पहले से ज्यादा सख्त लगने लगी थीं और पानी का रेला भी बहुत अधिक कष्ट देने लगा था। मैं उस पूरे व्यवधान को इस प्रकार पार कर जाना चाह रहा था जैसे हलाल करके छोड़ा गया कोई मुर्गा उछल-उछलकर दरबे में प्रवेश करना चाहता हो।

लेकिन शायद यह इतना आसान नहीं है। जीवन को पूरी स्वतंत्रता के साथ जिया जा सकता है, किंतु स्वतंत्रता की भी एक सीमा होती है। अपनी इच्छाशक्ति का उपयोग केवल तभी तक संभव है जब तक कि प्रकृति का सहयोग प्राप्त होता रहे। प्रकृति के समर्थन से ही हर लड़ाई लड़ी जा सकती है, स्वयं को उससे अलग काटकर अकेले लड़ते रहने का कोई अर्थ नहीं है।

फिर भी यदि अकेला ही लड़ना पड़े तो ? तो क्या लड़ाई का विचार त्याग देना चाहिए ?

नहीं। जिजीविषा बड़ी चीज है। जीवन सुंदर है। वह प्यार की तरह मीठा और करुणा की तरह नरम है। उसमें सुगंध है।

उस सुगंध का बोध नाबदान जैसी गंदी जगह तक में होता है···

···मैं रुक गया। नाबदान का मुख्य द्वार बहुत दूर था, और मेरी टाँगों में इतनी शक्ति अब शेष नहीं थी। मेरे पूरे जिस्म में मानो बुढ़ापा रेंगने लगा और मैं क्षण-भर में ही शक्तिहीन हो गया। मैं जहाँ खड़ा था, वहीं बैठ गया।

मैं काफी देर तक उसी तरह बैठा रहा। और जब मुझे विश्वास हो गया कि मैं नाबदान से बाहर नहीं निकला हूँ और किसी ने मुझे जिबह नहीं किया है और मैं जिंदा हूँ, तो मुझे अचानक ही भूख लग आई। मैंने अपनी आँखें फाड़ीं और गलियारे के फर्श पर उन्हें इधर-उधर दौड़ाया, लेकिन कहीं कुछ नहीं था। केवल गंदे पानी की एक धारा थी जो लगातार मेरे पेट के नीचे से बही जा रही थी। मुझे आशा थी कि उस धारा में ही चावल या दाल के चंद दाने फिर बहकर आएँगे, मगर वे नहीं आए। 'तो क्या मनुष्यों ने आज कुछ नहीं खाया ?' यह प्रश्न यूँ ही मेरे मन में उठा, लेकिन तुरंत ही मुझे एहसास हुआ कि यह एक मूर्खतापूर्ण प्रश्न है। जब तक बहुत मजबूरी न हो, स्वामीवर्ग के मनुष्य भूखे नहीं रहते। अभाव उनके जीवन में होता ही नहीं। इसलिए यह कारण नहीं हो सकता कि घर में खाना ही न पका होगा। हाँ, हो सकता है चावल न पककर सिर्फ रोटी ही पकी हो और दाल की जगह गोश्त पका हो।

गोश्त का खयाल आते ही फिर मेरी आँखों के सामने एक

धारदार छुरी चमकने लगी और मैंने आँखें बंद कर लीं। लेकिन थोड़ी देर बाद ही मेरी स्थिति पुनः सामान्य हो गई।

मैं पानी के उस मटमैले रेले को बड़ी हसरत के साथ देखने लगा। रेले की हर लहर में मुझे चावल का कोई चमकता हुआ दाना दिखाई पड़ता, लेकिन जैसे ही वह लहर मेरे करीब पहुँचती, मालूम होता कि उसमें केवल पानी के छोटे-छोटे बुलबुले-भर हैं, और कुछ नहीं। एकाध बार तो मुझे इतना भ्रम हुआ दाने का कि धार में अपनी चोंच ही मार दी मैंने! लेकिन पानी में एक बुड़क-सी आवाज हुई और फिर कुछ नहीं।

मेरी आँखें थक गईं—देखते-देखते! मेरा मन थक गया—सोचते-सोचते! मेरा पूरा बदन थक गया—कोशिश करते-करते! लेकिन कुछ नहीं हुआ। मेरे डैनों के जोड़-जोड़ दुखने लगे, मेरी गर्दन में ऐंठन होने लगी, मेरी पूँछ सिकुड़कर फर्श से टकराने लगी और अपने तन को मैंने यूँ ही उस सुरंग में लुढ़क जाने दिया।

पानी बहता रहा··· बहता रहा···और फिर धीरे-धीरे उसका प्रवाह थम गया। गलियारे का फर्श खुश्क हो गया। तब एक बार फिर मेरी आँखें खुलीं और अपने पैरों में मैंने हल्की-सी गरमाहट महसूस की। मैं कोशिश करके धीरे-धीरे उठा और खड़ा हो गया।

गलियारे में एक पीले रंग की मटमैली-सी चमक रह-रहकर उभर रही थी और फिर गायब हो जा रही थी। बाहर की दुनिया

में ऐसा उस वक्त होता था जब मौसम बदला करता था। वर्षा ऋतु आरंभ होने से पूर्व प्रायः यह दृश्य देखने में आता था कि बादल का कोई छोटा-सा शरारती टुकड़ा दौड़ा आता और सूर्य को ढँक लेता, जैसे कोई नन्हा-सा चूजा किसी मुर्गे को अपना पिता समझकर उसकी पीठ पर लद जाए, और धरती के एक छोटे-से हिस्से की चमक क्षण-भर के लिए खत्म हो जाती थी···

हो सकता है पृथ्वी पर वर्षा ऋतु आरंभ होनेवाली हो और बादल के टुकड़े आसमान पर मँडरा रहे हों। इस नाबदान का अपना तो कोई मौसम है नहीं, बाहर के मौसम की ही हल्की धुँधली झलकियाँ यहाँ जब-तब दिखाई पड़ जाती हैं—उस क्षण मैंने सोचा। और शायद मेरा यह अनुमान ठीक ही था, क्योंकि अगले पल ही चमक फिर से उभर आई थी।

लेकिन उस चमक पर अपनी चोंच मारकर मैं उसे उदरस्थ नहीं कर सकता था। सूर्य के प्रकाश में कितना ही स्वास्थ्यवर्धक गुण हो, पर वह प्राणी की भूख शांत नहीं कर सकता। यह कार्य तो मिट्टी में उत्पन्न होनेवाला नन्हा-सा दाना ही कर सकता है। मैं उस दाने को देखना चाह रहा था। खाने को न सही, अगर देखने को भी एक दाना मिल जाता मुझे, तो थोड़ी देर के लिए शायद मेरी भूख मिट सकती थी। लेकिन दाना कहीं नहीं था।

मैं फिर आगे की ओर खिसकने लगा। शायद आगे हो। नाबदान के मुहाने पर! या आगे फर्श पर जो दरारें बनी हैं, वहाँ···

तभी पानी की एक पतली-सी धारा छुलछुलाती हुई आई

और मेरी टाँगों के नीचे से बहती हुई बाहर चली गई। मैंने फिर देखा कि वह पतली-सी धारा धीरे-धीरे कुछ मोटी हो रही है और उसमें बहता हुआ कोई पीला-पीला पदार्थ सामने से चला आ रहा है। मैं खड़ा हो गया। हो न हो, वह पदार्थ मेरा भोज्य ही होगा। और जैसे ही वह चीज मेरे सामने पहुँची, मैंने अपनी पूरी ताकत के साथ उस पर चोंच मार दी।

छि मेरी चोंच लिसलिसा गई। जिसे मैं मनुष्यों द्वारा खाई जानेवाली कढ़ी समझ रहा था, वह दरअसल मेरी मालकिन के पोते की टट्टी थी। मैं पहले भी बता चुका हूँ कि उसकी बहू की गोद में एक नन्हा-सा शिशु था। वह बिल्कुल हमारे चूज़ों की ही तरह खूबसूरत था। एक रोज़ तो जब वह जाड़े के दिनों में धूप में लेटा हुआ था, मैंने जानबूझकर उसके तलवे में चोंच मार दी थी—यह देखने के लिए कि यह कितना मुलायम है ! और काफी देर तक मैं उसके स्पर्श का आनंद लेता रहा था। हालाँकि मेरी इस हरकत से बच्चा चीख उठा था और उसकी माँ ने मुझे इस तरह भगाया था गोया मैं मुर्ग़ा न होकर कौवा होऊँ।

शायद उसी शिशु ने अपने बिस्तर पर टट्टी कर दी थी और उसकी माँ नाबदान के मुहाने पर बैठकर उसे धो रही थी···वह पीला-पीला पदार्थ लगातार पानी के साथ बहा आ रहा था। उसका जो थोड़ा-सा हिस्सा मेरी चोंच में लग गया था, वह मुझे यूँ तो बहुत खराब लग रहा था, लेकिन उस रोज मुझे पहली बार यह महसूस हुआ कि उसका स्वाद उतना बुरा नहीं था।

दरअसल हमारी जाति के लिए उस तरह के पदार्थ से अपनी भूख शांत करना कोई आश्चर्य की बात नहीं थी। हमारे साथी

मनुष्यों की उस विष्ठा को बड़े चाव के साथ खाया करते थे। लेकिन मैं नहीं खाता था। जब धरती पर चारों तरफ तरह-तरह के दाने हैं, घास है, पत्तियाँ हैं, तो फिर यह विष्ठा क्यों खाई जाए? यह मेरा तर्क था। लेकिन कुछ लोगों का यह स्वभाव ही होता है कि चाहे जितना स्वादिष्ट भोज्य उनके समक्ष प्रस्तुत रहे, वे विष्ठा खाने में ही अधिक रुचि दिखाते हैं। यह प्रवृत्ति संसार के सभी प्राणियों में कमोबेश पाई जाती है। सुअर तो बेचारे बिला-वजह बदनाम हैं। हाँ, अगर मेरे भीतर इस तरह की प्रवृत्ति नहीं थी तो यह मेरे जीवन की अस्वाभाविकता हो सकती है। और अपनी यह अस्वाभाविकता ही मुझे पसंद थी।

लेकिन उस रोज मैं स्वाभाविक हो गया। मेरे भीतर अन्य मुर्गों-मुर्गियों की ही तरह खाद्य पदार्थ के प्रति एक आक्रामक भाव उत्पन्न हो गया और अगले ही क्षण मैं उस लिसलिसे पदार्थ पर टूट पड़ा। मैं अपनी भूख पर विजय प्राप्त करना चाहता था। मैं अभी और जीना चाहता था। मैं मौका पाते ही उस नाबदान से बाहर निकलना चाहता था। मेरा विश्वास था कि बाहर कभी तो एक भयविहीन, आतंकरहित और सुरक्षित वातावरण बनेगा···

लेकिन मेरी भूख ज्यों-की-त्यों रही। मैंने निर्णय लेने में काफी देर कर दी थी और उस लिसलिसे पदार्थ की आपूर्ति अब समाप्त हो गई थी। बस दो-चार चोंच ही मैं मार सका था कि वह अदृश्य हो गया था। और फिर धीरे-धीरे पानी का प्रवाह भी खत्म हो गया था।

जीवन ! जीवन कितना आवश्यक है प्राणी के लिए। कितना सुंदर है ! कितना आनन्दमय ! मृत्यु को भी आकर्षित करनेवाला !

मैं अपने जीवन के प्रति चिंतित हो गया। मेरा अंग-अंग अब हिलने लगा था। हालत ऐसी हो गई थी कि अगर मैं खड़ा हूँ तो बैठ नहीं सकता और अगर किसी तरह बैठ जाऊँ तो खड़ा नहीं हो सकता। न मैं आगे बढ़ सकता था और न ही अपने डैनों को हिला-डुला सकता था। उस तंग गलियारे में जो हल्की-सी चमक कुछ देर पहले तक मुझे दिखाई पड़ रही थी, वह अब गायब हो गई थी। लेकिन मैं यह अंदाजा नहीं लगा पा रहा था कि सूर्य को बादलों ने ढँक लिया है, या रात हो गई है, या मैं अंधा हो गया हूँ।

फिर अगले ही पल एक काली-सी, टेढ़ी-मेढ़ी चमकीली रेखा मेरे सामने से उभरी और मैं डरने लगा। मेरे मुँह से कूँ-कूँ जैसी एक आवाज निकली और अपने जिस्म को मैं सिकोड़ने लगा। 'यह रेखा मुझे काटेगी और मैं मर जाऊँगा। मेरा बदन नीला हो जाएगा। यह साँप है—काला, जहरीला…'मैं सोचने लगा।

दरअसल मेरे उस अर्द्धजंगली गाँव में साँप बहुत थे और प्रायः ही वे मुर्गियों का शिकार किया करते थे। वे चूहों आदि के द्वारा बनाई गई बिलों में रहते थे और मौका तलाशते थे कि कब उन्हें खून का स्वाद मिले। वे लंबे आकार के ऐसे भयानक जंतु थे, जिन्हें खून चूसने में बेहद दिलचस्पी थी। वह चाहे मनुष्यों का हो

या मुर्गे-मुर्गियों का ! उन्हें बस खून से मतलब था। खून के मामले में वे कोई फर्क नहीं करते थे। खून तो हालाँकि मनुष्य भी चूसते थे, पर सबका नहीं। वे लोग 'खून' करते भी थे, पर सबका नहीं। जब उन्हें खून चूसना होता तो वे अपने से कमजोर आदमी को तलाशते ! और जब उन्हें खून करना होता तो यह देखते कि वे खुद क्या हैं और जिसका खून करना है, वह क्या है ? यानी खुद अगर हिंदू हैं तो मुसलमान का खून करते और खुद अगर मुसलमान हैं तो हिंदू का खून करते। मगर साँप एक ऐसा जंतु था जो इन दोनों के ही खून में बराबर की दिलचस्पी लेता था। और वैसी ही दिलचस्पी उसे हमारे खून में भी थी। यानी हिंदू, मुसलमान और मुर्गा—इन तीनों का ही खून उसके लिए बराबर था। मुझे तो इस बात का बेहद संतोष रहा है कि मैं हिंदू या मुसलमान न होकर मुर्गा हूँ। मैंने कई बार ईश्वर से प्रार्थना की है कि वह अगले जन्म में भी मुझे मुर्गा ही बनाए, मनुष्य नहीं ; वरना मजबूरन मुझे हिंदू या मुसलमान बनना पड़ेगा···

मनुष्यों ने हर तरफ यह उड़ा रखा है कि मानव-जन्म पाना बड़े पुण्य का फल है। लेकिन मैं मानव-जन्म नहीं पाना चाहता। हालाँकि यह कितना अच्छा होता कि अगले जन्म में मेरा मालिक मुर्गा होता और मैं मनुष्य ! तब मैं एक रोज उसे जिबह करने के लिए खदेड़ता और वह इस नाबदान में आकर छिपता···लेकिन नहीं, मैं मनुष्य होना नहीं चाहूँगा। मनुष्य होने का मतलब है अपनी ही जाति का हत्यारा होना। यह वस्तुतः कितना अच्छा है कि कोई मुर्गा किसी मुर्गे की हत्या नहीं करता।

आदमी मारता है। उसके पास छुरी होती है और वह जिबह

करता है। वह खून बहाकर मजा लेता है···न जाने उस वक्त मेरे जहन में आदमी की यही शक्ल क्यों उभर रही थी? और जैसे-जैसे यह शक्ल स्पष्ट होती गई, मेरा भय दुगुना-तिगुना-चौगुना बढ़ता गया। अब, जो चमकीली रेखा मुझे साँप जैसी दिखाई पड़ रही थी, वह छुरी की तरह दिखाई पड़ने लगी, और फिर मेरे मालिक के उस असभ्य युवा पुत्र की आकृति वहाँ प्रकट होने लगी, जो मुझे खदेड़ रहा था। वह हँस रहा था···

"नहीं!" मैं मन-ही-मन चीख उठा, "मैं इस आदमी के हाथों नहीं मरूँगा, भले ही इस नाबदान में घुट-घुटकर मर जाऊँ।"

और मेरी पलकें बंद हो गईं। वह नींद थी या मूर्च्छा, मैं कुछ कह नहीं सकता, पर इतना जरूर जानता हूँ कि अपने आपको एकदम भूल गया था। मैं क्या हूँ, कौन हूँ, कहाँ हूँ, क्यों हूँ···ये सारे प्रश्न समाप्त हो गए थे। मैं उस नाली के गीले-अँधेरे धरातल पर खड़ा था और अपनी बंद पलकों के भीतर बनते-बिगड़ते चित्रों को देख रहा था।

···सामने कोई आकार नहीं था। लेकिन उस निराकार में से ही एक आकार जैसे प्रकट हो रहा हो। फिर उस आकार में से असंख्य-अनगिनत छोटी-छोटी नन्हीं-नन्हीं आकृतियाँ। मानो मेरी पोई छोटे-छोटे चुज्जों को साथ लेकर चली आ रही हो। चारों ओर हरियाली है, ऊपर नीला-नीला आकाश, खेतों में पीले-पीले फूल, खोहों और टीलों पर ऊँची-ऊँची घास···और उस खुले मैदान में मेरी पोई अपने बच्चों को लिए घूम रही है। बच्चे

महीन-महीन दाने तलाशते हैं और चूँ-चूँ करते हुए अपनी माँ से पूछते हैं, "इन्हें हम खा लें क्या ?"

फिर एक दूसरा चित्र···

जल पर तैरती हुई एक सुंदर आकृति···बिल्कुल मेरी ही तरह···मगर असाधारण ! आदरणीय ! देखने में तो वे किसी बहुत बड़े मुर्गे जैसे ही थे, पर ऐसा भव्य मुर्गा अपने जीवन में कभी नहीं देखा था। अहा ! क्या रूप था वह ! श्वेत-धवल पंख ऐसे, कि धुनी हुई रुई भी लज्जित हो जाए। ऊँची, लंबी गर्दन, बड़ा-सा गंभीर मुखड़ा। एकदम गुलाब की पंखुड़ी-जैसी चोंच। अर्द्धसूर्य की तरह तना हुआ केस। पूँछ ऐसी कि मानो पीछे कहीं चाँद का टुकड़ा छिपा हो। पाँवों में लय, आँखों में गति···वे झूमते हुए, मस्तानी चाल से बिल्कुल भगवान की तरह चले आ रहे थे। उनके अगल-बगल यमदूतों की तरह काले परोंवाले दो अन्य मुर्गे चल रहे थे, जिनकी आँखों में एक अजीब-सी चमक थी और चोंच में तीखापन। वे लगातार मुझे ही देखे जा रहे थे।

मैं एक बार फिर डरने लगा।

और अगले ही क्षण मुझे ऐसा लगा जैसे बाहर कोई जोर की आवाज हुई हो। बिल्कुल बादलों की गड़गड़ाहट की तरह···

और अचानक ही उस गलियारे में छलाछल पानी बहने लगा।

वर्षा ! धारासार वर्षा !

जब मैं गाँव में था तो इस प्रकार की वर्षा मुझे कितना आनंद प्रदान करती थी। हम लोग झुंड बनाकर खेतों में टहलते होते, कि अचानक काले-भूरे बादलों से आकाश घिर उठता और किसी साथी के 'केस' पर टप्प से एक बूँद टपकती। हम

एक-दूसरे की ओर रहस्यपूर्ण ढंग से देखते और जल्दी-जल्दी किसी छायादार स्थान की ओर बढ़ जाते। बूँदें तेज हो जातीं, अँधियारा छा जाता, बिजली चमकने लगती और बादलों की गड़गड़ाहट से पूरी धरती हिल उठती। हम अपने अधभीगे तन समेटे इधर-उधर दुबके रहते और मौसम ठीक होने का बेसब्री के साथ इंतजार किया करते। काफी देर बाद जब पानी गिरना बंद हो जाता, तब हम फिर बाहर निकलते और बारियों में पहुँचकर मरे हुए कीड़ों-मकोड़ों से अपने मुँह का स्वाद बदला करते। फिर आसमान पर किसी बहुत बड़े मुर्गे की एक सतरंगी पूँछ उग आती और उसे बड़ी हसरत के साथ ताकते हुए हम अपने मुर्गीखाने में लौट आते।

लेकिन यहाँ तो न आकाश था, न सतरंगी पूँछ। बस, सिर्फ पानी था। एक अंतहीन प्रवाह ! वह प्रवाह मुझे पीछे की ओर ठेल रहा था। शायद वर्षा की गति बहुत तीव्र थी और आँगन का सारा पानी नाबदान के जरिए बाहर निकल रहा था। वह शायद अपने साथ मुझे भी बाहर ले जाना चाहता था। लेकिन गलियारे की दीवारों में मेरे डैने इस प्रकार अँड़से हुए थे, कि जल की वह समूची शक्ति व्यर्थ हुई जा रही थी।

पानी बह रहा था और उस बहाव में मैं किसी उलझी हुई घास की तरह काँप रहा था। मेरे डैने बुरी तरह भीग गए थे और ठंड से मेरा पूरा बदन अकड़ा जा रहा था, लेकिन न तो मैं पानी के साथ बह पा रहा था और न ही उस जल-प्रलय से मुक्त हो पा रहा

था। अतः तुरंत मैंने भगवान को याद करना शुरू किया। लेकिन थोड़ी देर पहले ही जो भव्य मूर्ति मेरे बिल्कुल पास आती दिखाई पड़ रही थी, वह सहसा अब दूर चली गई थी। मुझे ऐसा लग रहा था मानो उस बहुत बड़े दैवी मुर्गे ने ही यह बरसात करवाई है। निस्संदेह वह कोई साधारण मुर्गा नहीं है। वह अवश्य ही भगवान अथवा खुदा है। अगर वह सामान्य किस्म का मुर्गा होता तो मुझे इस परेशानी में घिरा हुआ देखकर मेरे पास तक जरूर आता और जिस तरह भी हो सकता, मेरी सहायता करने की कोशिश करता। लेकिन वह तो दूर खड़ा मुस्करा रहा था। नाबदान में बह रहे उस पानी में वह भीग भी नहीं रहा था। बल्कि अब तो वह अपने अगल-बगल चल रहे दूतों की सहायता से उस तीव्र धारा में तैरने भी लगा था। उसके पंख और उजले हो गए थे। चोंच की लालिमा और बढ़ गई थी। केस का तनाव चौगुना हो गया था। गर्दन के रोएँ फुरफुराने लगे थे और आँखों से एक तीव्र ज्योति फूटने लगी थी। उस ज्योति के तेज को बर्दाश्त करना मेरे बस से बाहर था ; अतः मैंने आँखें बंद कर लीं।

तब वह ऊपर की ओर उड़ चला। उसके साथ दूत भी उड़ चले। वे बादलों के संग अनंत विस्तार में गोते लगा रहे थे और ज्योति का तेज बरसा रहे थे। मेरे भीतर एक अजीब-सी बेचैनी पैदा होने लगी थी।

"तो क्या मैं अब मर जाऊँगा ?"

यह सवाल मैंने अपने आप से पूछा, मगर मुझे कोई उत्तर नहीं मिला।

हाँ, मेरी आँखों के आगे कुछ उजाला-सा हुआ और एक बार

फिर मेरा मन उत्साहित हो उठा। गलियारे के आयतन में कुछ झलफला-सा हुआ—जैसे गाँवों में, खेतों में और चरागाहों में भोर होता है। मनुष्यों के मुहावरे में 'मुर्गा बोलने' का समय। काल की एक छोटी-सी इकाई के सामप्त होने और एक दूसरी इकाई के आरंभ होने का मुखर संकेत। नई सुबह, नया सूरज, नया दिन, नया जीवन···

यही कहते हैं हमारे संगी-साथी।

कुकड़ूँ कूँ !

अकेले नहीं, समवेत स्वर में।

बस्ती का एक मुर्गा कहीं बोलता है—कुकड़ूँ कूँ ; और जो भी उसे सुनता है, अपना समर्थन देता है—कुकड़ूँ कूँ ! और यह सिलसिला तब तक जारी रहता है, जब तक नई सुबह हो नहीं जाती ; नया सूरज निकल नहीं आता ; नया दिन, नया जीवन शुरु नहीं हो जाता।

मनुष्य दीपक और बिजली आदि जलाकर भी अंधकार के एक छोटे-से हिस्से पर ही विजय प्राप्त कर पाता है ; जबकि हम उसकी समूची काली चादर को अपनी आवाज से ही फाड़ देते हैं।

पानी की रफ्तार थमी।

झलफला बढ़ा।

और नाबदान के उस अत्यंत छोटे सूराख में भटकती हुई-सी एक आवाज कहीं से आई—

कुकड़ूँ कूँ !

नई सुबह
नया सूरज
नया दिन
नया जीवन

मैं काँपा।

अपने भीगे हुए डैनों को मैंने फड़फड़ाने की कोशिश की। फिर अपनी चोंच को खोलने के लिए मैंने पूरी ताकत-भर जोर लगाया, ताकि मैं भी बोल सकूँ—

कुकड़ूँ कूँ !
नई सुबह
नया सूरज
नया दिन
नया जीवन !